テレビじゃ言えない

ビートたけし
Beat Takeshi

小学館新書

はじめに

最近、ちょっとフラストレーションがたまってることがある。

ご存じの通り、オイラの主戦場はテレビだ。40年近くこの業界でメシを食ってきたし、愛着は当然ある。それなりに実績も作ってきたし、新しいものも多少は生み出してきたつもりだ。だけど、そんなオイラでも、このところ昔みたいに自由が利かなくなってる。テレビの自主規制が年々ひどくなっていて、かつてのような言いたい放題、やりたい放題がドンドンできなくなってきてるんだ。

政治的な内容どころか、下ネタやカツラネタまで、ありとあらゆる分野で「アレは言っちゃダメ」「コレもダメ」って先回りして注意されちまう。

だからなのか、このところ、こんなことを言われるようになっちまった。

「近頃、たけしはテレビで毒舌をちっとも出さない。そもそもあまりしゃべらなくなった」

もっともなツッコミかもしれない。でも、反論したい気持ちは正直あるぜ。実は、収録でガンガンしゃべってたって、放送ではオイラのコメントがスパッとカットされちまうんだよ。テレビでやるには、話す内容が危なっかしすぎるってことなんだよな。

こないだ、『開運!なんでも鑑定団』(テレビ東京系)で、当時出演していた石坂浩二さんのコメントがカットされまくってたって話があったよな。「スタッフの陰湿なイジメじゃないのか」ってけっこうな話題になったけどさ。だけど、カット率ならオイラもゼンゼン負けてない。スタッフに「おいアンチャン、もうちょっとオイラのコメント使ってくれよ」なんて時々言うんだけど、本当にらちがあかなくてさ。生放送の『ニュースキャスター』(TBS系)でも、「コレはちょっとヤバいぞ」っていう絶妙なところで共演してる安住(紳一郎)アナに話を変えられちゃう。まァ、アレはアレでなかなかの名人芸なんだけどさ(笑)。

それでも業界じゃ、まだまだ「たけしルール」ってのが存在するって言われてるんだぜ。

他のタレントじゃ「完全アウト」で大問題になっちまいかねない内容でも、オイラの発言ならなぜかセーフになっちまうってことでね。まァ、そりゃ当たり前だよ。ここ何年かで芸能界で顔が売れてきたくらいのヤツと、40年以上この世界で生きてるオイラじゃ年季がまるで違う。「掟破り」ってのは、一朝一夕にはできない芸のひとつなんだよ。3年ほど前には『ヒンシュクの達人』なんてタイトルの本を出したくらいで、これまでサンザン事件を起こしてきた分、オイラも「ヒンシュクの買い方」については心得てるつもりだ。バカなキャスターが人工透析の患者をネットで誹謗中傷して全番組を降板したなんて話もこないだあったけど、そんな低レベルなものと一緒にされちゃ困るんだよな。

そうやって日々オイラなりにチャレンジしてはいるけど、それでもやっぱり物足りなさは消えないよ。正直にいえば、毒舌をもっとガンガン披露してやりたいって欲求はある。それもあって、最近はゲリラ的に劇場でライブをやって、そこでそんなに多くない観客を前に「ヅラいじり」「犯罪者いじり」なんてタブーネタを披露してる。テレビじゃとってても言えないような刺激的なヤツをね。

衆院選当日にニコニコ生放送の開票特番に出たこともあったね。これも日頃そういうストレスを感じてたからだよな。テレビ番組じゃ面白いことがなかなか言えなくてムカムカしてるところに「何でもしゃべっていい」って条件のオファーがあったもんだからさ。

実際のネット放送じゃ、オイラのヒンシュク発言はそれなりにウケたみたいだぜ。

「当選した議員に学力テストをして、もう1度ふるいにかけろ」

「『コイツは落とせ』ってヤツを選ぶ弾劾選挙をやるべきだ」

なんて話をしてさ。ネット放送を見ていた人たちは、「テレビのたけしとはひと味違うぞ」って大喜びしてくれたらしい。

ただし、勘違いしてもらっちゃ困るんだけど、オイラはテレビを諦めちまったわけじゃないんだ。「このままじゃ済ましておかねえぞ」とは常に思ってる。そのうち誰も想像がつかないような上手いやり方で、テレビの自主規制やタブーを飛び越してやろうかって考えてる。

本来、オイラのような芸人の漫才やコントなんてのは、「表現の自由」なんてもので守られるようなエラいもんじゃない、もっと低～いところにあるものなんだ。だからこそ

「規制されてナンボ」だし、それでお客の注目が集まってくれりゃ、かえってありがたい。規制されたら、別のやり方でどう面白くイジってやろうか必死で考えるのがオイラのやり方だ。

そうやって生まれた「新語」もあるぜ。

オネエチャンのアソコのことを「コーマン」って言い始めたのはオイラだし、「乞食」って言葉が使えないから「レゲエのおじさん」って名付けたのもオイラだ。最近じゃ「ホームレス」なんて言い換えてるけど、そんな言葉よりよっぽど愛があるじゃねェかってね。第一、ホームレスって言葉はよそよそしくて好きになれないよ。ホームレスって日本語にすれば「宿無し」だろ？「乞食」は放送禁止で「宿無し」はＯＫってのは、いったいどんな理屈なんだろ。言葉を規制する人たちは、そういうことまで突き詰めて考えてやっているんだろうか。

まァ、繰り返しになるけど、オイラもこのまま大人しく終わるつもりはないんでね。若い頃に比べりゃだいぶ口も回らなくなったけど、まだまだオイラの「毒」は消えちゃいないし、消すつもりもない。

ちょっとこの辺りで、久しぶりに「放送コード無視のビートたけし」をお目にかけておこうか。70歳になっても、時代がどんなに変わっても、これがオイラの「座標軸」だってことでね。

これから話すことは、暴論、下ネタ何でもありだ。単なるバカ話として、笑って読んでもらえりゃそれでいい。だけど、もしかしたら、読者にとっても「世の中の常識を疑ってみる」という意味で、ちょっとはヒントになるかもしれないぜ。

とりあえず御託を並べるのはこの辺にしておいて、ちょっとの間だけオイラのヒンシュク話にお付き合い願うよ。ジャン、ジャン、ジャン！

テレビじゃ言えない　目次

第1章

テレビじゃ言えない「危ないニッポン」

ニッポンは「一億総活躍社会」どころか「一億総自主規制社会」だ。

現代のニッポン人を見ていて怖いのは、「世の中を疑う」って気持ちがまるでなくなってしまっていることだ。それは「一億総活躍社会」って怪しい言葉を、みんなが信じられないほどすんなり受け入れちまってるのに象徴されていると思う。

念のため説明しとくと、これは安倍晋三内閣の目玉プランでさ。「少子高齢化に歯止めをかけて、家庭・職場・地域で誰もが活躍できる社会を目指す」って意味のスローガンらしい。だけど、なぜ政権や与党・自民党の中から「こんなネーミングはやめたほうがいい」って声が出てこなかったんだろう。それくらい奇妙な言葉だぜ。

安倍さん本人が考えたのか、ブレーンやコピーライターが考えたのか、それはオイラにはわからない。けど、とにかく最悪のキャッチコピーなのは間違いない。もう、「一億玉砕」とか「一億火の玉」みたいな、戦時中の危なっかしい国威発揚のスローガンとほとんど同じに見えちまう。これだけ世間から「好戦的な首相」と言われているのに、なぜわざわざツッコミどころを自ら作ってしまうんだろう。こんなスローガン、「軍国主義を日本中・世界中に思い起こさせたい！」と、あえて狙ってやってるのかと思うぐらいだよ。せっかくならサラッと「一億総活躍」ってだけじゃなくて、「一億総活躍・欲しがりません勝つまでは」ってコピーにしたほうが、狙いがわかりやすかったんじゃないの（笑）。

だけど、国に「お前ら活躍しろよ」って言われて、「ハイ、わかりました！　頑張ります！」って納得しちゃうバカがどれだけいるんだろう。国が国民に「頑張れ」って強いるのは、よくよく考えりゃ「働いて税収を増やせ」「社会保障に頼るな」って言われているのとほとんど同じだろ。政府の人間は反論するだろうけど、それってやっぱり戦時中とほとんど変わらないマインドだ。こんな押しつけがましい言葉に拒否反応を示さないニッポン人はやっぱりヤバい。

だいたいマジメに考えりゃ、「一億総活躍」なんて実現できるはずがない。よく「働きアリの法則」なんていうけど、１００匹働きアリがいたら、そのうちの20匹は何もしないで遊んでばかりいる怠け者になっちゃうらしい。人間だってそう変わりはしない。国民全員が「活躍」といえるほど頑張るなんてあり得ないよ。

それに、そもそも「活躍」ってのは、誰かの犠牲の上に成り立つものだからね。誰かが活躍すりゃ、その裏で別の誰かが仕事にあぶれたり、悔しい思いをするのが世の常だよ。何をもって活躍したというのか定義もわからないし、説得力がまるでない。それより毎年3万人も出ている自殺者をどうにかするほうが先決だよ。

何が「一億総活躍社会」だ。オイラはそもそも、この頃のニッポンは「一億総自主規制社会」だと思ってる。最近は、別に犯罪行為をやったわけでもないタレントがスキャンダルで叩かれて、世間から「一発退場」になってしまう。『ゲスの極み乙女。』のボーカルと不倫騒動を起こしたベッキーも、それまで「超」がつく人気者だったのにテレビから一瞬にして姿を消してしまった。

テンプル大学卒業、ハーバードでＭＢＡ取得といったプロフィールがほとんど嘘とバレたコメンテーターのショーンK（ショーン・マクアードル川上）も、出演番組すべてを失ってしまったよな。こういうスキャンダルを笑いのネタにするのはアリだけど、「ひどいヤツだ」と真剣に怒って一気に退場に追い込んでしまうのは、寛容さがまったくない。すごく居心地の悪い監視社会だよ。

結局、こういう「右にならえ」の一斉外しという対応は、企業側が「コンプライアンス」だの「モラル」だのいくら言い訳したって、つまるところは「トラブル回避のための自主規制」でしかない。要はCMスポンサーに降りられたり、「何でアイツを使ってるんだ」と世間から袋叩きに遭うのがイヤなだけなんだから。それって、クラスでのイジメを見て見ぬフリしてる気弱な中学生と変わらない考え方だ。タレントを早々に降ろして「リスク回避できた」みたいに胸を張るのは、何か違和感があるんだよな。

別に、「ベッキーはタレントとして優秀だから、どんな批判があっても出演してもらいたい」とか、「ショーンKはコメンテーターとして有能だから経歴が違おうが問題ない。大事なのはコメント能力だ」って、続投させるテレビ局があったっていいと思うんだけどな。そのほうが仁義のある、誠実なテレビ局だって考えはないいんだろうか。こんなオイラの意見は、ただの時代遅れなのか。

世の中が「たった1回の失敗も許されない社会」になってるのは本当に怖い。

1年ちょっと前、当時中学3年生の男の子が、学校側のミスで「1年生の時に万引きをした」って濡れ衣を着せられて、志望校への推薦がダメになって自殺したって話があった。その経緯については報道以上のことを知らないんでおいておくとして、一番おかしいと思うのは「中1の時の失敗がなぜ何年経っても尾を引いてしまうのか」ってことだ。

わざわざ学校側が中1の頃の出来事を持ち出して「お前じゃダメだ」というなんて、ゼンゼン生徒のことを考えてやっていない。目の前にいる生徒を、自分の目でキチンと判断してやるのが教師の役目だろ。万引きの有無なんて関係なく、「今のお前だったら自信をもって推薦できる」って言ってやれなかったのかって話でさ。いつの間にか学校も「減点主義」になっているから、こんな悲劇が起こっちまうんじゃないか。

自分たちに「責任」が及ばないように、「とりあえず臭いものには蓋をする」「一度失敗したヤツは念のため外しとく」ってのは、本当に残酷だってことを知るべきだよ。

テレビは「真実を伝えるメディア」というより、「真実をオブラートに包むメディア」だ。

ニッポン社会が自主規制だらけってことは、テレビや新聞みたいなメディアを見てればよくわかる。どの新聞も、どのテレビ局のニュースも、申し合わせたように横並びの同じような内容ばかりじゃないかってさ。うるさいジャーナリストなら「記者クラブのせいだ！」なんて言うんだろうけど、オイラにゃ詳しいことはよくわからない。だけど、ガンガン政治にモノを言うって時代じゃなくなったのは肌で感じるね。

それもあってか、この2～3年は、特にテレビの世界で「政治の介入」ってのが大きな話題になってたね。『報道ステーション』の生放送中に、元経産官僚の古賀茂明がいきなり「自分の降板は官邸の圧力によるものだ」みたいなことを言い始めたこともあったし、その後、司会の古舘伊知郎が降りた時も「圧力説」が噂されたりした。NHKの『クローズアップ現代』の内容がヤラセだとか過剰演出だとか言われて、それで自民党の情報通信戦略調査会ってのが局の幹部を呼び出して、それも「圧力だ」って批判されてた。

まァ、オイラに言わせりゃ、「何を言ってやがるんだか」って感じだよ。テレビなんて、昔から「事実を曲げてばかり」なんだから。オイラが何か危ないことを言おうとすると、いつもすぐにカットされちまう。こないだ『ニュースキャスター』で、オイラがVTRを見ながら、「あ、作曲家のキダ・タローさんがいる!」って言っただけで話題を変えられちゃった。きっとオイラが、その後キダさんの髪型の「真実」を言ってしまうんじゃないかと思ったんだろうな（笑）。

その一件はともかく「真実を報じるのがテレビ」なんて認識は間違いで、「真実をオブラートに包んでしまうのがテレビ」ってのが本当のところなんだよな。

ニュースだけじゃなく、そういう空気はバラエティにも飛び火しててさ。ちょっと前には、NHKのバラエティ番組で、お笑いコンビの「爆笑問題」が事前にネタをボツにされたって話題もあったよな。内容が政治がらみだったせいで、ＮＧが出たらしい。ＮＨＫの籾井勝人会長（当時）はその後の会見で、「政治家の実名を挙げてネタにするのは品がない」なんてことを言ったらしいけどね。

それにしても、ＮＨＫは「このネタは使うな」なんて言える立場にあるのかねェ。国民のカネをもらってやってるんだから、よっぽど公序良俗に反するもの以外は、判断は視聴者に委ねるってのがスジだと思うけどさ。

そもそもＮＨＫは、テレビを置いているだけで「ＮＨＫは見ない」って人たちからも受信料を取っているわけでさ。「見ない権利」ってのもくれなきゃおかしいじゃないの。

自分たちは勝手に他人の家の茶の間に上がってカネを取ろうとしてるのに、一方じゃ芸人に「下品なネタは止めろ」って言うのも笑える話だよ。

インターネットは本当に「いいことばかり」か？ 現実は「バカのための拡声器」になっている。

テレビがいかに規制だらけで不自由かってことは話したけど、一方で「ネットは規制がなく自由で素晴らしい」って論調も間違ってる。そもそもテレビががんじがらめの自主規制を強めたのはネットの影響が大きいだろう。

ネット社会では、番組へのクレームが直接メールやらでスポンサーに行ってしまうから、テレビ局がなおさら萎縮してしまう。「お前の会社が提供している番組はこんなふざけたことを言っていたぞ！」と企業に直接苦情を入れたり、「不買運動を起こせ！」とネットでけしかけたりするヤツが出てきた。だからスポンサーに迷惑をかけたくないテレビの制作側が勝手に「言葉狩り」や「問題タレントの排除」を始めちゃうんだよ。

ネット社会じゃ、相反する2つの意見があったとしても、多くの場合論争にならない。論争というより、多数派が少数派を寄ってたかって袋叩きという図式になってしまう。名前さえ出さない匿名のヤツラが、ターゲットを決めてリンチする。そんなもんに狙われちゃたまらないってことで、テレビが臆病になってる。

ネット＝悪とは言わない。情報ツールとして活用したり、仕事や表現の可能性を広げてる人も多いだろう。だけど、「バカが簡単にモノを言う社会」を作ってしまったのも確かだ。

思い出すのが、2歳の長男にタバコを吸わせた24歳（いずれも当時の年齢）が、その様子をフェイスブックにアップして逮捕された事件だ。注目されて「いいね！」をたくさんもらえればいいってぐらいに軽く考えてやったんだろうけど、やっていいことと悪いことの区別すらつかないんだから、どうしようもない。

結局、このバカ親のやってることは、カエルをストローで膨らませたり、昆虫の脚をもいで面白がっているクソガキと変わらない。そんなヤツは昔から腐るほどいたけど、今と決定的に違うのは「バカに発信手段がなかった」という点だ。昔はバカなヤツが自分のバカさを拡散する方法なんてなくて、「近所にヤバいヤツがいるから近づくな」程度で済んだ。だけど、今や誰もがスマホから自分のバカさをワンタッチでアピールできる。だからやることがエスカレートするし、迷惑をかけられる対象も広がっちまう。

もう情報化社会がここまで来てしまったら、いっそのことスマホやパソコンの所持も、自動車運転や飲食店の営業みたいに「免許制」にしたほうがいいのかもしれない。たとえば一定の常識問題や倫理観のテストをしないと、ネットにアクセスできないようにするとかね。それくらい「バカが物申す社会」が深刻だということは、考えておいたほうがいい。

「ネットで調べれば何でもわかる」と考えるヤツは、「そこに書かれていないもっと深い世界」に思いが至らない。

さっきは「ネットがバカの拡声器である」と話した。過激すぎるレッテル貼りと思われるかもしれないけど、オイラは実際もっと深刻じゃねェかと思ってる。みんな、どれほどスマホとネットに依存しているか、まったく自覚していないからだ。

最近、ハロウィンというニッポン人に馴染みのない文化で若いヤツラがバカ騒ぎしている。これも「スマホとネットありき」のブームだろう。仮装をして、その日限りでもいいから「スター」になって注目を集めたいって考えるのは、その姿をSNSでいろんな人に拡散できるからだよ。誰にも気がついてもらえないんなら、わざわざそんな手間のかかることはやらないだろう。キラキラネームを子供に付ける親も、ハロウィンで目立とうとするヤツも、みんな根っこは同じだよ。お手軽にできる「他人とは違うこと」をやって目立とうとするんだけど、それは本当の「個性」とはまったく違う、うすっぺらなものだよ。

そんなことを言ってるオイラも、実はスマホを使わないワケじゃない。カメラ代わりに写真を撮ったり、思いついたネタやアイディアをメモしたりすることもある。だけど、アレに一日中かじりついてるってのは正気じゃない。本当に大事にしなきゃいけない自分の時間を奪われてるってことに気がつかなきゃいけない。

「女子高生が1日7時間スマホをやってる」なんて調査もあった。その代わり、本や雑誌を読まなくなったし、テレビも見なくなったと言われてる。

コミュニケーションやエンターテインメントのツールとしてスマホが役に立ってるのは認めるけど、かといって「ネットで調べればいいから知識はいらない。要はネットを使いこなす頭脳だ」みたいな風潮は絶対おかしいね。

映画を作ったり、芸術作品を作ったりするときには、かなり専門的で深い知識と理解が求められることがある。だからオイラも調べ物をすることがある。だけど、そんな時にネットで調べても、本当に知りたいと思う情報はほとんど出てこない。適当に聞きかじった噂や、間違った情報は論外。正しい情報だとしても、ネットで見つかるのはどこかの雑誌や新聞の引用、いわゆる又聞きばかりで、その「奥」まで到達しない。本当の意味で「調べる」ということは、専門書を読んだり、その道の権威に話を聞いたりして、「ネットに出ていないくらい深い内容を掘り下げること」なんだよ。

「ネットがあれば何でもできる」と思ってる世代は、「世の中にはネットに書かれていないもっと深い世界がある」ということに思いが至らない。それが弱点なんだよ。そのことに気づいていればいいんだけど、そうじゃない気がするね。

「スマホの通信料」ってのは、現代社会における「年貢」みたいなものじゃないか。最終的に儲けてるのは、通信会社とアプリを作ってるヤツラだけ。賢くて、情報を持ってる人間だけが、1人月5000円～1万円という巨額の「年貢」を手に入れてる。

IT起業家は、いわば現代の戦国大名だよな。「流行のスマホを手に入れたぜ」「最新のアプリをダウンロードしたよ」なんて喜んでるヤツラは、そういう「儲かる仕組み」を作ってるヤツラに、いいようにカネを巻き上げられてるってことに気がついてないんだよ。どうも最近は、こういう「作られたブーム」に無自覚に踊らされてるヤツが多い。

ハロウィンもそうだし、サッカー日本代表の試合の後のバカ騒ぎもそうだ。スマホのアプリでレアキャラを捕まえるために公園がごった返したり、大ヒットしたアニメ映画で描かれたスポットを訪れる「聖地巡礼」が流行ってるなんて話も耳にする。

こういう話を聞くと、最近の若い人たちは、オイラの若い頃と比べて「素直すぎる」って気がしちゃう。どんなブームも、「儲けたい大人」の意図が少なからずあるもんだけど、そこを気にしたり、反発する人間が少ない。最新のスマホアプリだって、町おこしだって、素直に全部受け入れて、旗振り役になってくれる。

これだけ若い世代が「思いのまま」だと、広告代理店やら「ブームの火付け役」はやりやすい。ハロウィンのバカ騒ぎだって、きっと仕掛けてるヤツラがいるんだろう。もしかしたら、18歳選挙権ってのも権力にとってものすごく利用しやすい好都合なものかもしれない。深く考えず、雰囲気だけでブームに踊らされるってのは、よくよく考えりゃ怖いってことに気がついたほうがいい。

「18歳に選挙権」なら、10代を少年法で守る必要はない。若者は大人たちの「ガキ扱い」に怒るのがスジだ。

「18歳選挙権」についてもうちょっと話そうか。導入されてから10代の投票率は大して高くないらしい。案の定だけどさ。

オイラは、この「18歳選挙権」が決まる前、まだ話題が出始めたばかりの頃からずっと「それなら18歳以上を少年法で守る必要はない」って言い続けてきた。「選挙権がある」ってことは、「成人である」ってことと同義だと思うからね。18歳でも国や社会の未来を決める責任を負えるっていうんだから、それなら刑罰の上でだって大人扱いしてやらないとウソだろってね。「自分の責任は自分で取る」ってことを叩き込まないと、選挙権を持ったって投票行動は適当になる」って言ったんだ。やっぱりその通りになったと思う。

この「18歳に選挙権はいらねえ」って意見を、当事者である10代はどう思うんだろうか。「ジジイ、ふざけるんじゃねえ」って反発するんだろうか。それならまだ元気があっていいけど、想像するに「別にそんなのどうだっていいよ」って意見のほうが多い気がする。

本来なら、オイラが言ったような「少年法で10代を守る必要はない」って意見は、当事者である未成年の有権者のほうから出てこなきゃいけないんだよ。勝手に選挙権を与えられて、その一方で犯罪をしても今まで通り〝少年〟として守られる状態ってのは、結局のところ、国つまり大人たちから「ガキ扱い」されてるってことだからね。いつの時代も、若者ってのは大人から見下されていることに敏感じゃなきゃダメだ。

政治家や権力がなぜ若い世代に選挙権を広げたかというと、それは単に「都合が良かった」からだ。別に「10代に政治への興味を持ってもらうため」でも「若者の声を政治に反映させるため」でもない。そう主張してたとしても、単なる建前だよ。実際は、「知識がなくて浅はかだから、選挙権をやっておけばこっちの思うとおりに操れる」ぐらいに思われているだけ。都合のいい票田と見なされたんだよ。

だからこないだの選挙じゃ、自民党も相変わらずバカなガキにウケそうな、賞味期限が切れた元有名アイドルとか、イケメンスポーツマンを擁立してたしね。18歳選挙権を意識して選管や各党が作ったパンフの類も、アニメ的なイラストばかりでさ。「若者はこういうのが好きなんだろ？」ってバカにしている感じがアリアリだよ。

せっかく選挙権があっても若者が投票に行かないのは、自分たちをバカにしているそういう大人たちへの抗議なんだろうか。だったらまだいいんだけどさ。結局、上の世代への怒りの声が上がらないことも含めて、政治についても社会についても何も考えちゃいないっていうのがホントのところかもしれないぜ。

もしかしたら、選挙権を年齢で決めること自体、時代遅れかもしれない。親の脛かじって目的もなくバカ大学に通ってる20代と、16歳でキチンと働いて税金納めているヤツ、どっちに選挙権を渡すべきかというのなら、オイラは絶対16歳のほうだと思うからね。

オイラは昔から、「何でオイラは人一倍税金を払っているのに、みんなと同じ一票なんだ」といってヒンシュクを買ってきたけど、この際「一票」は平等じゃなくていいんじゃないか。キチンと生きてる人間と、バカを一緒にするほうがよっぽど不平等だよ。

法案成立日に「国会前で反対デモ」なんて、愚の骨頂だ。デモをするなら投票日。でなきゃ手遅れだよ。

「政治に無関心な若者」ってのはもちろん問題だけど、一方で「政治参加に熱心な人たち」のやり方も、そんなに賢いとは思わない。

2015年の安全保障関連法案成立の時には、国会前やらで反対派のデモが起こって大騒ぎになった。「SEALDs」はじめ、若者たちが参加しているっていうのが話題だったよな。それを褒める声がある一方で、元ライブドアのホリエモン(堀江貴文)や爆笑問題の太田光が「デモをしたって意味がない」というようなことを言って、賛否両論が巻き起こっていた。

オイラの意見を言おうか。まァ、パフォーマンスとしては理解できるけど、デモの「効果」は不明だよ。まず、安保に反対しようって動きだったのに、妙に反対運動がアメリカかぶれな感じがするのも変だ。「SEALDs」って名前も英語だし、ラップみたいな音楽を連呼してたりさ。安保法案の向こうにアメリカって存在があるのは明らかなんだから、もうちょっと「純和風」のやり方で対抗したほうがいいんじゃないかって思うんだけどさ。こういう左寄りの人たちだけじゃなく、保守や右翼と言われる中にも、「アメリカに追従しよう」ってのが多いし、右も左もアメリカかぶれってのはなんだか笑っちまう。

あと、国会前で法案成立前にデモを起こすっていうのも、よくよく考えりゃ珍妙な話でね。もともと国民が選挙で国会議員を選んで、その結果として法案を通しているわけでさ。「反対って言ったって、選んだのはお前らじゃねえか」って思っちまう。

だから、本来なら、デモの矛先は「一般のニッポン国民」っていうのが正しい。「こんなバカな政治家を当選させるな」「キチンと投票に行け」ってことを、ちゃんと国民に訴えるほうが先だろ。法案が通る頃になって騒ぎ出したって、とっくに遅いって話だよ。実は選挙の日に9割方勝負がついちまってる。

まずデモを起こすべき場所は、投票前日の夜の東京・新橋の駅前だ。焼き鳥を食って酔っ払ってるオヤジに、「お前らが何も考えないからバカ議員がはびこるんだ」「こんなところで酒を飲んでる場合じゃない」と大音量でやってくれってね。あとは、選挙の朝の高速道路の入り口やサービスエリアで「旅行やゴルフに行ってる場合じゃないぞ！」ってやったりね。


政治の話をしていて特に思うことだけど、ニッポン人は、どんどん「当事者意識」がなくなってる。相変わらずの投票率の低さってのは、まさにその象徴だろう。

だけどニッポンは、こんなことでいいんだろうか。世界中で無差別テロは止まないし、シリアやら情勢不安の中東から流入する移民でヨーロッパは揺れている。イギリスではEU離脱を決めた国民投票もあった。すぐ隣の北朝鮮だって、いつ暴発して難民が押し寄せてくるかわからない危険を孕（はら）んでいる。

これまでパレスチナ紛争ではノーベル平和賞受賞者が出たりもしたけど、まったく解決には至っていない。もうこれだけ問題がこじれてしまえば、「平和を」なんて何度叫んだって意味がない。「第一に○○をする」「第二に××をする」ときちんと解決への筋道を提示して実践できたら、その人にノーベル賞を5個やってもいいと思うぐらいだ。

それくらい世界中で真剣に考えなきゃいけない問題がたくさん起こってる。それなのに、ニッポンじゃ話題になるのは『ゲスの極み乙女。』やショーンKのスキャンダルばかり。政治の話題だって、小物の政治家のセコい汚職ぐらいが賑わすばかりだ。問題の深刻さがまるで違うのに、ニッポンじゃ国内のどうでもいい話題のほうが注目を集めて、国際問題はほとんど見向きもされない。

もしかしたらニッポンは世界の中で「テレ東」みたいなもんなのかもしれない。テレ東は、田中角栄が逮捕されたときだって他局がみんな特番をやっていたのにアニメを放送してたし、東日本大震災3周年の日も、各局が震災特番をやる中で1局だけ映画の再放送をやっていた。ニッポンは世界からそれぐらい特異な存在だと思われているんじゃないかって気がするぜ。

もちろんテレ東の場合はカネがない中、どうやって先行する他局に対抗するか、どうやって視聴者のニーズをつかむかって考えた上での独自路線なんで、単純に「他の国に興味がない」ってニッポンとは根本的に違うんだけどさ。だからテレ東のみんな、こんなことを言っても悪く思わないでくれよ。

とにかく、国として、人として、「よその国で人が毎日死んでいることに無関心」ってのはやっぱりまずいんじゃないだろうか。

舛添に怒って角栄に心酔するニッポン人は、「権力者が扱いやすい庶民」の集まりだ。

みんな知ってるかもしれないけど、オイラがガキの頃を過ごしたのは、東京・足立区の梅島ってところだ。その後、大学に行かなくなって浅草でブラブラするようになった後で、しばらく住んでたのが、足立区よりもうちょっと東にある葛飾区の亀有だった。

この亀有を舞台にしたマンガが、最近40年にわたる『週刊少年ジャンプ』の連載を終了した『こちら葛飾区亀有公園前派出所』だよな。オイラが亀有に住んでいた頃には、もう『こち亀』は有名だったんじゃないかな。

実は、オイラが亀有を離れてちょっと漫才で売れ出した頃に、作者の秋本治さんに出会ったんだよ。マンガに出てくる「海パン刑事　汚野武」ってのはオイラだからね。写真を一緒に撮ったり、両さんが「今度はタケちゃんの番だ！」なんてしゃべってるイラストを描いてもらったり、色々世話になったんだよな。その絵は家に飾ってあるよ。

オイラ、この『こち亀』ってマンガは実はセンスの塊だと思うんだ。亀有という、近くの北千住よりちょっとマイナーな街を舞台にしたことも面白いし、『こち亀』って略称も、なんだか間抜けでいい味なんだよな。

もうひとつすごいのがキャラクター設定でさ。「ドタバタでトンデモなおまわりさん」っていう両津勘吉だけなら普通のマンガ家でも考えつくけど、脇役に超お金持ちでモデル級のルックスのボンボン警察官を男女で配置するなんて、どうやったって思いつかない。これが、毎週の『こち亀』を単調にさせなかった秘訣だよ。

「昔の話」のついでに話しておきたいのが、最近の「田中角栄」ブームだよ。石原慎太郎が書いた、田中角栄を主役にした小説の『天才』も、『田中角栄　100の言葉』って名言集もムチャクチャ売れているらしい。

こんなこと言うとまた怒られそうだけど、なんでこんなモノをみんなありがたがるんだろう。田中角栄なんて冷静に考えりゃ、けっこうな「ワル」だぜ。清廉潔白な人間が、一代で目白の一等地に大御殿なんて作れるわけがないんでさ。そういうのを偉人扱いしちゃうニッポン人ってのは、本当にお人好しの集まりなんだよな。だから権力やカネをもった人間に「庶民はバカだから扱いやすい」なんて思われちまうんだよ。スマホに夢中になって、賢いヤツラに搾取されてる庶民も、こういう名言集を買って感動している庶民も、結局のところは似たようなもんだってね。

まァ、偉人の名言でやる気になっても、実際、行動するのは偉人じゃなくて、凡人の自分なんだからさ。同じことをやったって、成功するって保証はないわけでね。そういう冷静な視点がないから、そもそもお前はダメなんじゃないかって話でさ。

発明王のエジソンの名言で、有名なのがあるじゃない。「天才とは1%のひらめきと99%の努力である」っていうヤツ。これを「天才でも努力のほうが大事なんだ」「99%の努力をすればエジソンみたいになれる」って受け取るのは勘違いでね。

実際は「1%のひらめきがなきゃ、99%の努力は無駄になる」ってことなんだよ。どうやら、エジソン本人も後者の意味で語っていたらしいぜ。この「1%のひらめき」がまさにポイントでさ。どんなに一生懸命考えたってこの1%が出てこないのが普通の人間だってことを知らなきゃいけない。

似たような例が、東芝や石川島播磨重工の社長で、経団連の会長だった土光敏夫さんが「メザシの土光さん」って呼ばれてた話だよ。土光さんみたいに朝食にメザシを食ってたからって、それをマネしても名経営者になれるわけじゃない。当人は、それが好きで粗食が体に良かったからそうしてただけで、別にそれは名経営者の必要条件じゃないんだよな。

まァ、このところの角栄ブームは、やっぱりこのところ政治家やらが「小物」ばかりになっちまった反動だろうな。石川五右衛門や鼠小僧次郎吉は泥棒でも、そのスケールとちょっとした義心で英雄になり得るわけだけど、その辺のスーパーで万引きしてるヤツが、後世に語り継がれるはずはないんでね。

角栄みたいな「歴史に名を残すワル」は英雄扱いされるけど、舛添(要一・東京都前都知事)みたいな「セコワル」じゃあワイドショーで笑いのネタにされるしかないよ。

しかし舛添さんはセコかった。それに、賢いのがウリのはずなのに、言い訳がことごとくバカ丸出しだからね。正月のホテル三日月で、しかも家族がいる部屋で会議をしてたって言い出したのにもビックリしたけどさ。で、政治資金でチャイナ服を買ってたことを指摘されたら、言い訳は「自分は柔道をやってて体がゴツいんで、普通の服だと書道をするときに腕が引っかかるから中国服が便利だった」だって。何言ってんだ、オイラの『ニュースキャスター』で書道の先生にチャイナ服を着てもらって検証したら、「袖に墨汁がついちゃいます。すごく書きにくいです」だって。大笑いだよ。

まァ、舛添さんって人にとって、一番難しいのは「すぐに謝ること」だったんだと思うよ。こういうエリート中のエリートで、プライドが高くて、周りからも「賢い」と思われ続けてきた人間ってのは、なかなか素直に自分のミスを認められないことが多いんだよ。こんな話、「すぐに謝る」か「完全に無視する」のどちらかしかないのにさ。いずれにしても、スケールの小さい話だよ。

その点、田中角栄はワルだけど、やっぱりスケールはデカかった。

だって、考えてみろよ。田中角栄が家族を連れてホテル三日月に行く所なんて想像できないし、その宿泊費を政治資金でちょろまかすなんてもっと考えられないもんな。もし泊まったとしても、きっと部屋を世話する仲居さんに相当のチップを渡したろうってね。まァ、時代が違うっていえばそれまでなんで、角栄ブームは単なるノスタルジーってことなんだってての。

そうだ、政治家としてはもう赤信号の舛添さんも「二代目田中角栄」に改名して出直せばいいんじゃないか。きっと人のいいニッポン人は、「大物になって帰ってきた」って歓迎してくれるんじゃないかってての！

「おんぶ政務官」のパフォーマンス下手には笑うけど、災害時の「政治家の防災服」ほど白々しいものはない。

舛添前都知事と並んでマヌケな政治家がいたな。「おんぶ政務官」として話題になった内閣府の務台（むたい）俊介って政務官だよ。台風被害の視察で岩手県に行ったこの人が「長靴を履いてこなかった」っていうんで、同行者におぶってもらって水たまりを渡った映像が流れまくったわけなんだけどさ。当たり前だけど「みっともないヤツだ」「いったい被災地に何しに行ったんだ」と猛烈な批判にさらされちまったというね。こんな人が「復興大臣政務官」だというから、もうブラックジョークみたいな話だよ。で、その後自分のフェイスブックに、新調した長靴の写真を載せて、「遅ればせながら大事なものを調達できた」なんてコメントしたもんだから、火に油を注いだというね。

そもそも「なぜそこまで靴を濡らしたくなかったんだろう?」って思うよな。別に革靴が濡れてベチャベチャになるくらい、大の大人がおぶってもらう醜態に比べりゃ大した問題じゃないだろ。結局、世間から「コイツはダメだ」と思われて、下手すりゃ政治生命を縮めることになっちまうかもしれないんでね。物事の優先順位がまったくわかっちゃいないってオチなんだよな。

この点に関しちゃ、田中角栄やハマコーさん(故・浜田幸一氏)を見習ってほしいもんだよ。あの人たちは、ダーティなことも間違いないけど人心掌握術はすごかった。

角栄さんは、わざわざ革靴に白っぽいズボンという格好で、田んぼの中まで入っていって選挙区の農民と握手したんだよな。もちろん、ズボンは泥でグチャグチャ、靴だって使い物にならなくなるよ。それでも車の中に用意しといた新しいズボンと靴に履き替えて次の田んぼに入っていってまた握手をして、さらに次の田んぼでまた同じことを繰り返したんだよな。

いくらわざとらしくても、泥だらけで駆けつけてもらったら誰でも感激するよ。もちろん、マスコミにそれを報じてもらう目論見もあっただろうね。だからみんなこの話を知ってるし、角栄さんは選挙にも当然強かった。

これと同じことをハマコーさんもやったんだ。田んぼの中で作業している人をわざわざ見つけて泥だらけになって駆け寄ったんだよな。

要は、それくらい「役者」じゃないと人心はつかめないし、政治家として大成できるわけないってことだよ。

まァ、身も蓋もないことを言ってしまえば、政治家の災害視察ってもの自体が「わざとらしい芝居」なんだけどね。災害が起きると、首相、大臣以下がみんな防災服を着込んでヘルメットをかぶるけど、別にこの人たちが何か直接作業をするわけじゃあるまいしさ。単なる「気を引き締めてます」ってポーズにすぎないわけだよ。

言い方は悪いけど、災害視察ってのは「アピールの場」なんだよ。それなのに作業服まで着ておいて、長靴を履かないでおぶってもらって評判を下げるなんて、あまりに「芸事を知らない」よ。

務台センセイがもっと役者だったら、あの「水たまり渡り」は、絶好のチャンスだったのにな。あえて松葉杖姿で現れて、泥だらけの水流に飛び込んで流されそうになっても、

「僕は死にましぇ～ん、ニッポンのことが大好きだから！」って叫ぶくらいやってみろっての。

この「おんぶ政務官」よりもっとバカバカしいのが、汚職まみれの富山市議会だよ。政務活動費の不正で、辞職した市議は10人を超えたっていうんだけどさ。

その具体的な手口というのが、姑息というか、幼稚というか、とにかく恥ずかしいものばかりでさ。領収書の金額に一ケタ数字を加えたり、白紙でもらった領収書に金額を記入したり、市政報告書のお茶菓子代を水増し請求したりさ。浅ましさ丸出しの小銭稼ぎというね。で、この辞職者のせいで1億円以上かけて補選をやったし、さらに17年春にも改選ってことで市議選をやるらしいんでさ。結局どのカネも税金なわけで、割を食うのはいつも市民という悲しいオチなんだよ。

「号泣県議」の野々村竜太郎センセイ（元・兵庫県議）のときもそう思ったけど、そもそもこんな問題は、地方議員が多すぎるから起こるんだよ。大して何もやりゃしないのに、いい給料をもらってのうのうとしてるオッサンたちばかりなんでね。地方議員は今の10分の1の数にしたって、何の問題も起きない。何よりのコスト削減になるんで、どんどん辞めてもらって、定数も減らしたほうがいいに決まってるよ。いっそ、「不正で辞職者が出たら、各自治体はその分だけ議員の定数を減らす」って条例を作ればいいんだよ。そしたら汚職者も減るし、議員間での監視も働くだろってさ。

それか、まったく逆の考え方もある。地方議員は「無給のボランティアでもやる」っていう有志を募ればいい。で、仕事がある人間でも出られるように、議会は夜8時スタートとかにしてさ。海外では、そうしてるところも多いらしいぜ。

給料を取る議員なら数を減らしたほうがいいけど、そういう「ボランティア議員制」にするなら、議員の数を増やして、ひとりひとりの負担を減らしたっていいんだしさ。

こういう話をしていると、オイラは「共産党は何やってるんだ」と思っちゃう。

こないだ、『TVタックル』（テレビ朝日系）でだったかな、共産党の小池晃さんに言ったんだよ。「あんたたち、共産党っていう名前も古いけど、やり方も古い。外から文句を言ってるだけじゃ変わらないよ」ってね。

で、こんなプランを出したんだよ。共産党は全国の議会に候補を出して、ほとんど「野党」なわけだけど、それならどこか1地域に全力を集中して、「共産圏」ならぬ「共産県」を作ったほうがいいんじゃないかって。過疎化が進んでる鳥取県とか島根県とかにね。共産党の首長がいて、議員も大勢を共産党が占めて、そこで共産党が言うような福祉や医療が充実した政策をガンガンやればいいんだよ。共産県では待機児童ゼロ、老人ホーム難民ゼロみたいになったら、「共産県に住みたい」ってヤツがドンドン出てきて、過疎化がストップするかもしれないぞってね。

共産党が「何でも反論ばっかししやがって」「机上の空論ばかり言ってるんじゃねェ」って批判に答えるには、キチンと自分たちの理想を実現するモデル地域を作んなきゃ説得力がないぞってさ。

いま、世の中は「野党合流」って流れで、共産党も統一候補に相乗りしてたりするけど、そんなもんじゃ何も変わらないって気がするけどね。

トランプ米大統領を生み出したのは、「インテリの傲慢」と「B層マーケティング」だ。

とうとうドナルド・トランプ大統領が誕生となったね。

最初は単なる泡沫候補と思われていたトランプが、結局、民主党候補のヒラリー・クリントンに勝っちゃったのは衝撃的だったよ。だけどトランプへの投票を「恥ずかしい」と最後まで隠してた「隠れトランプ」のアメリカ人が多かったって話は笑ったよな。で、まるでそいつらが悪者みたいに言われちゃってさ。メディアが勝手に結果を予想して外しただけなのに、そりゃないだろってさ。

まァ、テレビ討論がまるで「夫婦の痴話ゲンカ」「ご近所トラブル」みたいになってたときから、この結果は予想できてたのかもな。ヒラリー・クリントンがトランプをセクハラ野郎扱いすれば、トランプも「お前のダンナもやったじゃねェか」みたいに言い返してさ。もう世界のトップを争ってる感じじゃない。こうなってくると、よりコント的に面白いのはトランプのほうなんだからさ。

レジオン・ドヌール勲章をフランスにもらいに行った時、オイラが『世界まる見え!テレビ特捜部』（日本テレビ系）でやったトランプの扮装をフランス人たちに見せたんだ。もうバカウケだったよ。ゲラゲラ笑ってた。「よく似てるけど、頭はもうちょっと薄い」なんてツッコミも入ってさ。

まァ、マジメなことをいえば、今回の件は、世界的に「インテリ知識層の限界」みたいなものがやってきてることのわかりやすい例だと思うんだよな。

ニッポンを見たってそうでさ。戦後からこのかた、「教養人」「知性派」と名の付く人は、やたら左がかった意見を言わないと認められなかった。右翼的発言やら、人権軽視やら、「民主主義的なもの」と相容れない思想は、全部「知性がない」というふうに笑われてきたわけだよな。それがいつの間にか「正論扱い」をされるようになってきて、安倍さんみたいな人が総理大臣になって、いつしか世の中の「真ん中」のほうに来るようになったわけだよ。

やっぱり、インテリ層の理想が、あまりにも机上の空論というか、現実感のないものとして捉えられるようになったからだよね。移民や人種の問題、麻薬や拳銃の拡散がここまで来ちゃったら、どんなキレイゴトを並べたって、まるで説得力がない。昔だったら、「移民は追い返せ」なんて主張するのは内在的に憚られるという国民性がアメリカにもあったけど、トランプが堂々と言ってるのを聞いて「もういいのかもな」と国民がみんな思っちまったってことじゃねェかな。

前のオバマ大統領なんてのは、見栄えもいいし、言ってることも立派だし、ノーベル平和賞までもらったけど、「じゃあ何をやったのか」って聞かれたらよくわからない。もしオバマが話す理想に世の中が近づいてたんなら、こんなことにはなってないかもしれないよな。

まァ、もうひとつは「ヒラリーが男にも女にも嫌われちまったな」ってのはあるよね。

ニッポン人に置き換えて考えると、元総理の奥さんが「私も仕事できるから総理やってみていい?」なんて言い出したら総スカンだよね。下手すりゃ夫婦合わせて16年、クリントンに牛耳られるのかって思っちまう。これはニッポン人的な感覚じゃなく、ある程度普遍的な価値観だったのかもしれないよ。

だけど、じゃあ実際トランプが何をやるかといったら、オイラは「何もできないだろう」に一票だね。トランプの危なっかしい演説の数々は、ある程度は本音の部分があるとしても、つまるところ選挙用のパフォーマンスだよ。クリントンという敵の前で「ウケる」と思ったことを言ってるだけでさ。例えるなら、自民党から民主党に政権交代するときに、当時の民主党党首の鳩山由紀夫が、「最低でも県外」なんて言ってやがったのとそれほど変わらないと思うよね。

TPPを止めたり、不法移民の取り締まりを厳しくしたりは多少するんだろうけど、結果的には大きく変わらないいんじゃないか。

ヨーロッパもそうだけど、やっぱりアメリカってのは「安い移民の労働力が支えてる」って真実があるからね。移民を全部追い出したって、きっと白人の貧困層「プアホワイト」と言われてる人たちは、その移民と同じような給与水準じゃ働かないよ。

そうなると企業も競争力が落ちて、世界に太刀打ちできなくなる。そんなことになりかねないワガママを、アメリカで力を持ってる人たちが許したりしないよな。あんまりひどけりゃ、マジで暗殺されちゃう国だからね。

まァ、個人的にはトランプってのはけっこうクレバーなんじゃないかと思ってるけどね。共和党も周辺のスタッフに優秀なヤツをつけてガチガチに固めるだろうし、きっと「大統領らしく」進めていくことになるだろうよ。

「ニッポンや韓国を守ってやる必要はない」「核軍備したらいいじゃないか」なんて言ってるのも、したたかな計算なんじゃないかってさ。北朝鮮との危機を煽って、緊張をわざと高めておいて、ニッポンと韓国に武器を売りつけるという作戦かもしれないぜってね。

オバマ―クリントンの民主党ラインに比べりゃ、トランプは北朝鮮に強い態度で接しないって見方が多いけど、どうだかね。きっと時々、あの金正恩を「なんだあの髪型は。オレの自然なヘアスタイルを見習え」とか言って、挑発するんじゃないの。

だけど正直なところ、アメリカってのは、本当にまだまだスケールのデカい国でさ。やっとしゃべれるけど、2016年はハリウッド映画版の『攻殻機動隊』の撮影で大変だったんだよ。ハリウッド女優のスカーレット・ヨハンソンと、ニュージーランドやらで共演してきたんだよな。もう、撮影現場でのカネのかけ方から、宣伝費用に至るまで、ニッポンとは比べものにならないよ。オイラの映画なんて、100本くらい軽〜く撮れそうな勢いでさ。

で、プロデューサーが、「ロスとかニューヨークじゃ試写はしない」みたいなことを言ってたんだよな。そういう都会でウケたって意味はないんだって。試写をやって反応を見るんだったら、そういう大都市じゃなくて、とんでもない田舎の映画館だって。つまり「アメリカの田舎者にウケる映画が一番ヒットするんだ」って意味らしくてさ。

カネはかけるけど、カネと情報を持ってる知識層じゃなくて、トランプに投票したような人たちを、そもそもターゲットにしてるってことなんだよ。マーケティングをして、ワザとそうしてるわけ。

これを聞いて「ああ、トランプの選挙戦ってのは理に適ってたんだな」と、ミョーに納得しちまったよ。

そう言えば、オイラはゼンゼン知らなかったんだけど、担当編集者のアンチャンが仕入れてきた情報によれば、ネット上じゃ「トランプが大統領になるのは、ニッポンでビートたけしが大統領になるようなもの」って論調があるんだって？

オイラが「核武装しちゃえ」とか「ジジイ・ババアを姥捨て山に」なんてヒンシュク丸出しのネタをやってるうえに、トランプと一緒で過去にスキャンダルを山ほど抱えてるってことで「似てる」って声が出てきてるらしいんだけどさ。

別に「なるほど」と納得するのは勝手だけど、この論はひとつ大きなことを忘れているよ。オイラは若い頃から「笑いのネタ」としてこういう話をしていて、要はこういう極端な話で「政治」やら「社会」のヘンな部分を横から突っついているわけだよ。一方でトランプは、「政治」という土俵に乗っかって、大マジメに極論を言ってるわけだよな。

これってたとえ同じ「極論」を説いていたとしても、そのスタンスは真逆だぜ。こっちはお笑いだから許されるんであって、トランプみたいに拳を振り上げたことなんてないんでさ。そのことに気がつかなきゃダメだよ。

だけど、その説に乗っかって、オイラが「トランプに倣ってオイラも！」って極端な政策で選挙に出たら笑うよな。

トランプの移民排斥に対抗してどうすりゃいいんだ？　「足立区と他の東京23区の間に『足立区の壁』を築く」って感じか？　バカヤロー、オイラが足立区側で締め出されちゃうじゃないかって（笑）。あとは、山形人排斥運動だな。ビートきよしさんみたいな田舎くさいのを、東京から全部追い出しちゃうというね。

う〜ん、自分で言ってて情けなくなってくるぜってーの！　ジャン、ジャン！

第2章
「話題のニュース」毒舌分析

どんなに偉そうなこと言ったって、30過ぎて少年法に守られてる「少年A」は下品そのものだ。

バカなヤツは、いつの時代もいる。だけどインターネットやらメディアの力によって、そんな「バカ」が発信力を持ってしまった。それを痛感したのが「少年A」の一件だ。

そう、あのむごい神戸連続児童殺傷事件を起こした「少年A」だ。インターネット上にホームページを作ったり、「元少年A」というペンネームで『絶歌』という告白本を書いたり、反省のかけらも感じられない。しかもその本が10万部以上も売れたっていうんだから呆れてしまう。

オイラの感覚からすれば、これが本屋のベストセラー・コーナーに並んだってこと自体に首を傾げてしまう。自分が被害者の親だったら許さないし、書いたヤツの歪んだ根性が透けて見えちまう。

結局この「元少年A」ってのは、「酒鬼薔薇聖斗」と名乗って犯行声明文をマスコミに送った頃から、一貫して「目立ちゃ何をやってもいい」って腐った性根のままなんだよ。世の中が自分のことを忘れかけてきたから、もう一度社会の注目を浴びようとしているだけなんでさ。

本当に「更生した」というのなら、「一生かけてでも遺族に対してどうやって詫びを入れるか」って考えになるはずだろ。自分の人生とかやりたいことなんて二の次で、どうやって償っていくかって発想にならなきゃウソなのに、コイツの場合は、遺族を傷つけたっていいから「自己表現」をやりたいってことなんだから、本当に腹が立つよ。

だいたい30歳を過ぎて、何が「元少年A」だよ。自分の実名を出してやるならまだ世間に対する一つのケジメのつけ方と考えられなくもないけど、オッサンになってまで少年法に守ってもらおうって了見が気に入らない。

どんな理由があろうとも、出版社やマスコミはそんなヤツに簡単に手を貸しちゃダメだ。もちろん「表現の自由」とか「出版の自由」があって、犯罪者の告白を本にすること自体が法的には問題なかったとしても、それが「下品極まりないこと」っていう当たり前の感覚がなけりゃダメだよ。「表現の自由」って言ったって、儲かる算段がなきゃ出版するわけないいんだから。「どんな素人の持ち込み原稿でも全部出版します」っていうなら別だけど、実際はそうじゃない。ビジネスにならなきゃ出版しないんだから、その辺の本音を隠して「表現の自由を侵害するな」なんて言ったって、まるで説得力がないぜ。この元少年Aの文章なんて、凶悪犯罪をやってなきゃ誰も読まない、凶悪犯罪者だからこそ商売になるシロモノなんだからね。

で、それだけ売れたということは、おそらく2000万円だかの印税が元少年Aに入っちゃう。アメリカじゃ、被害者に印税が支払われる法律があるっていうけど、心情としては当然もらう気にもなれないし、胸くそ悪いばかりだよな。

さらにいえば、こうやって話題として取り上げるのも元少年Aの思うつぼってところもあるからさ。なかなか難しい問題だよ。ジャーナリズムを排除しようとする権力の動きや、マスコミで広がってる「言葉狩り」みたいな無意味な規制と戦うときには、表現の自由ってのは大事だし、しっかり主張すべきことだと思うけど、こういう根本から間違ってる人間のねじれた主張を正当化する大義名分にしちゃダメだと思うね。

本来、法律は「人間の感情」とか「常識的な生活」みたいなものを守るためにあるのに、いまやろくでもないヤツを守るための盾みたいになっちまってることが多い。そもそも、この少年Aが捕まった時に、14歳の中学生だからって少年法で守ってやったことが間違いだよ。

あの当時、オイラは「〝飛び級入学制度〟がＯＫなら、少年犯罪も度を越して凶悪なら成人扱いにする〝飛び刑罰制度〟を導入しろ」って言ってたんだよな。

少年法というのは「無知で善悪の判断のつかない未熟な人間」だから適用されるはずなのに、この少年A以降の現代のガキたちの凶悪犯罪は「捕まってもたいした刑罰にならない」ことを逆手にとったものが多いんだからね。そんな確信犯に少年法なんて無用なんだっての。「子供は天使」なんて幻想だってことを、親も教師も社会も早く認めないと、この理想と現実のギャップはドンドン大きくなる一方なんでさ。

これと同じことは、無謀な運転の末の自動車事故でも感じるね。ちょっと前には、北海道で、飲酒運転で時速100キロ以上飛ばして赤信号に突っ込んで、一家5人を死傷させたという事件もあった。亡くなった4人のうち、長男は車から投げ出されたあと、1・5キロも路上を引きずられたっていうんだからたまらないよ。そんなことをやらかしておいて、加害者は酒を抜こうとしたのか、その場から逃げて翌日になってから出頭したり、まったく反省しちゃいないわけでね。

腹が立つのは、これだけ悪質で、ほとんど〝未必の故意〟で4人も殺しておいて、道路交通法や危険運転致死傷罪で裁かれる限り、おそらく死刑にはならないってことだよ。トンカチやノコギリで殺せば殺人罪で、車が凶器ならそうはならないってのはおかしいぜ。何より、被害者が浮かばれないよ。

「老人の危険運転」は悲しくて深刻な問題だけど、タブーを捨てて頭をひねれば、きっと対策はある。

　このところ立て続けに事故が起こっていて、社会問題化しているのが「老人の危険運転」だ。

　2016年の10月28日には、横浜市で87歳のジイサンが小学校の集団登校の列に突っ込んで、小学1年生が亡くなってしまった。そのちょうど1年前の同じ日には、宮崎市で73歳の男の軽自動車が歩道を暴走して、男女6人をはねて2人が亡くなったんだよな。どっちも認知症の疑いが濃厚だっていうんだけどさ。

　もう危なくて仕方がないんで、若い頃のオイラなら「ジジイ・ババアの運転は即刻禁止にしろ」「とりあえず全員姥捨て山に連れて行け」って言うところなんだけど、これだけ高齢化社会が進んだ今じゃ、コトはそんなに簡単じゃない。

第一、そういうオイラだってもう70歳のジジイなんだからね。

最近は、所ジョージの影響でスポーツカーに乗ったりしてるけど、こういう話を聞くと「オイラも気をつけよう」と身構えちまう。一方で、杓子定規な年齢規制でドライブの楽しみを奪われるのは困るっていう老人の気持ちもよくわかる。地方に住んでいる人は生活にだって支障が出る。かといって事故を起こしてしまったら後悔先に立たずだし、何より無関係な人たちを巻き込んでしまうかもしれない。本当に難しい問題だよ。


今は、70～74歳の免許更新は高齢者講習、75歳以上は講習予備検査と高齢者講習を受ければ免許更新できるんだっけ。で、更新期間は3年間もあるのか。

だけど、この年齢だと更新までに一気に頭や体が衰える可能性があるんで、それだけじゃ不安だよ。毎年更新をやったっていいし、事故を起こしかねないヤバい老人が運転しないようないろんな工夫を考えないとさ。

たとえば、これはある程度即効性があると思うんだけど「高齢者はマニュアル運転しか認めない」ってのはどうだろう。よく「アクセルとブレーキを踏み間違えた」とかで高齢者の車がコンビニに突っ込んでる報道を見るけど、マニュアル車なら左足でクラッチをつながなきゃいけないんで、そんな単純なミスは起こらない。それに、運転操作自体が複雑になることで、自信がない人間は離れていくし、認知症患者だとかは技術的に運転が難しくなるんじゃないかってさ。あとは、車を運転する時には、「今日の日付」と、「簡単な計算問題」を解かないとエンジンが掛からないようにするとか。認知症になると、時間の感覚が鈍くなったり、2つ以上のことをいっぺんにこなせなくなったりするらしいんでね。

え、マトモなアイディアばかりでたけしらしくないって? まァ、被害者も出ている深刻な案件だからどうしてもそうなるんだけど、過激なアイディアだってあるぜ。

そもそも自動車ってのは、車体やフロントガラス、エアバッグなんかでしっかり守られちまってるから、運転手が安心してスピードを出しちゃうし、無謀な運転をしちゃう。だから「事故を起こしたら即死」っていう車のほうが老人にはいいんじゃないか。「車のボンネットやバンパーよりも前にむき出しの運転席がある」という老人専用車を義務づけるんだよ。ひとつミスすりゃ命がないって状況のほうが、きっと運転ミスは減るぜ。
それに周りだって「あ、ジジイが運転してる！」って一発でわかるからね。警戒して、未然に事故を防げるかもしれないよ。

「そんなの現実的じゃない」っていうヤツもいそうだな。確かにそうだ（笑）。
じゃあ、老人用の車は、前後のバンパーが1メートルくらい飛び出してて、少しでも何かに触れたらエンジンが自動停止するってのもいいんじゃないの。

それかエアバッグの改造はどうだい。普通は衝撃を受けると、身を守る袋状のものが飛び出してくるけど、「老人用」は、その代わりにナイフみたいな刃物が飛び出してくるというさ。どこかにちょっとでも接触すりゃ、脳天を刃物が突き刺してオダブツだっていう世にも怖ろしいシロモノなんだよ。あとはハンドルに3分に1度、ビリッと電流を流すとか。そしたらみんな我に返るんじゃないかって。

とにかく「議論しました」ってアリバイをつくって、運転免許の更新期間をチョイと短くしてお茶を濁すってやり方じゃ、本質的な解決にはならないんでね。オイラのアイディアぐらいムチャクチャなものも含めて、とにかくガンガン対策を考えたほうがいいんだよ。

『笑点』を本気で面白いと思っているなら、視聴者はナメられたってしょうがない。

テレビ業界全体が元気のないなかで、数少ない高視聴率番組が、日テレで50年以上やってる長寿番組の『笑点』だ。

前の司会の桂歌丸さんが引退するって時は20％台連発で、春風亭昇太が司会になって、新メンバーに林家三平が加わってからも、その調子は落ちてないらしい。

まァ、オイラにとっての『笑点』は、初代司会の立川談志さんの時代で終わっちゃってるけどね。だけど「あの頃は面白かった」って言いたいわけじゃない。当時も相当つまんなかった（笑）。それでも談志師匠の時代はけっこうブラックなネタもやってて、今からは想像できないくらいアブない番組だったんだよ。談志さんは、そりゃひどかった。若い落語家の答えが気に食わないっていうんで、番組中ずっと説教してたこともあるんだから（笑）。そんな奇抜なスタイルが長続きするわけはないんだけどさ。

だけど、その後のマンネリよりはよっぽどマシだよな。今の『笑点』は何が面白いのかオイラにはゼンゼンわからない。何をやってもなかなか視聴率が取れないこの時代に、なんで『笑点』だけが数字を取れるのか、まったく理解に苦しむね。いつも同じことの繰り返しで、こんなもん毎週のように観てる人がよくいるなって思っちゃうくらいでさ。

別に歌丸さんだって、「体力の限界」だなんていって辞めなくたって、ゼンゼン大丈夫なんじゃないの。今の『笑点』に、そんなに体力や精神をすり減らすような芸が必要とされているとは思えない。別にメンバーが全員ボケちまったってできちまう内容じゃないかってさ。漫才や芸のコーナーはまだしも、大喜利なんて何の芸にもなっちゃいねェぞ。

これはテレビじゃ言えない本当の話だけど、大喜利のネタは何人もいる放送作家がウラで作っていて、落語家たちはそれを覚えて喋ってるのがほとんどなんだからさ。昔、1番目のお題の時に間違えて2番目のお題の答えを言っちゃって、観客から「ついにボケたか」と思われちゃった人もいたぐらいなんでね。

そんなもんを、なんでニッポン中がありがたがってるんだろう。『笑点』の視聴率が高いのは、テレビをつけたまま気を失ってるジジイやババアが多いからじゃないか。

こないだの司会交代劇の時には、三遊亭円楽やら林家木久扇みたいなレギュラーメンバーと一緒に、オイラの名前も新司会候補に挙げられていたのは笑ったよ。だけど、想像すると面白いよな。『笑点』をこれだけ批判しているオイラでもいいってことなら、ぜひ司会をやらせてほしいよ。そしたら、談志さんでも顔をしかめるくらいの大改革を断行してやっからさ。

まずは「放送作家の全面撤廃」だよ。大喜利に参加する噺家は「キッチリ自分の頭で考えたネタだけで勝負する」っていう原点に戻すんだよな。ズルがないように、本番直前はケータイを取り上げてホテルの部屋に隔離してさ。まるでレース前の競馬のジョッキーじゃないかってさ。現状の『笑点』メンバーでそれが無理だっていうんなら、メンバーだって総入れ替えだよ。爆笑問題の太田光や田中裕二、くりぃむしちゅーの上田晋也やら若手のイキのいいヤツをガンガン入れちゃおうぜ。そういうヤツラをガンガン競わせて、つまんないヤツはご退場願うということでいいんじゃないか。

ついでに何にも喋れない今の放送コードも『新・笑点』では撤廃しちゃうぜ。「ポコチン」「コーマン」なんて序の口だよ。オイラを会長とする「カツラKGB」が調べ上げた芸能界の大物ヅラタレントや「ゲイ能人」も勝手にカミングアウトしちゃうというさ。

今の大喜利は「はい、小遊三さんに1枚！」って座布団を毎度配ってやがるけど、アレもウンザリだよな。座布団をもらったって嬉しくもないし、予定調和の極みなんでさ。

座布団運びには、山田クンの代わりに吉原のナンバーワンソープ嬢を雇ってね。座布団じゃなく、マットプレイ用のマットを運んできてもらうんだよな。で、特に面白い答えをいったメンバーには、特別にスケベ椅子を贈呈してさ。マットやスケベ椅子が10コ貯まると、実際にソープ嬢がメンバーを舞台袖に引きずり込んで、笑点ならぬ「昇天」させてくれるというオチなんだよ。その様子がチラチラ画面に映りゃ、きっと視聴率50％超え間違いないぜってね。ビートたけし版『笑点』は、すぐさま『昇天』に番組名を変更だよ。

一方で、つまらないことを言ったヤツにはお仕置きをしないとな。熱湯風呂を用意して、その場で着物を着たまま沈めちまおうかってさ。

それじゃあオイラが昔やってた『スーパージョッキー』（日本テレビ系）と変わらない

じゃないかって？　『スーパージョッキー』は、教育上よろしくないってことでＰＴＡからギャンギャン苦情が来て、日テレのお偉いさんの逆鱗に触れて結局打ち切りになっちゃったからね。もしオイラが『笑点』の司会をやったら、日テレの誇る長寿番組の息の根をついに止めちまうかもしれないぞ（笑）。

オイラの笑点改革案を聞いて、「ふざけやがって」という『笑点』ファンも多いんだろうけど、オイラから言わせりゃ『笑点』が毎週高視聴率という今のテレビ界のほうがよっぽどふざけてるし、危ないよ。どんなに新機軸のチャレンジ企画を入れた番組よりも、こんなマンネリ番組のほうがウケるっていうんなら、作り手側は「変わったアイディアを出すより、中高年向けに安易な焼き直し番組を作っとけばいい」と考えるに決まってる。だから、今のテレビはどの局を見ても同じような番組であふれているんだよな。

ネットの隆盛とかテレビの劣化とかいう前に、「視聴者が作り手にナメられている」って状況があるんじゃないの。「テレビがつまらない」のはもちろん作り手が悪いんだけど、もしかしたら「見る側」の責任もある気がするぜ。

「プレイヤー」への敬意がない評論家なんて、いないほうがよっぽどマシだ。

テレビへの文句が出たところで言わせてもらうけど、最近イライラしてるのがワイドショーやらに出てくる「評論家」を名乗るヤツラだよ。「ショーンK」ならまだ何者かわからないからいいんだけど、「その道の権威」を名乗るヤツのほうがよっぽどタチが悪い。そいつらがしたり顔でいい加減なこと言ってるのに腹が立つんだよ。たとえば実態はテレビタレントに成り下がっているのに、教育評論家とか名乗っているヤツはろくでもない。

教育をやろうって人間なら、教育の現場に出て子供と正対するのが第一だろ。イジメや虐待やらのニュースに外野から「けしからん」なんて言ったって、まったく意味がない。そんなヒマがあったら、自分に火の粉が降りかかってくるようなヒリヒリした場に出て戦えって話なんだよ。

映画評論家だったり、演芸評論家だって少なからずそうだよな。「じゃあお前が映画を撮ってみろ」「笑いをやってみろ」って言われたら、ほとんどグゥの音も出ないだろってね。それなのに、平気な顔して「あの映画はダメだ、あの芸人は終わった」なんて言えるんだからさ。そんなふざけた話があるかってんだよ。

オイラは芸人だけど、若手を評価することができるほど偉くはないし、オイラ自身が昔ほどのスピードと切れ味で漫才できないことはよくわかってる。「お前が言うな」って思われるのは嫌なんだよ。だから漫才コンテストに出ても採点するのは断るし、上から目線のジャッジはしたくないんだよな。どんな笑いも「好き」か「嫌いか」ってだけの話でさ。

オイラがニュース番組なんかでコメントをするときは、そういう「上から目線」だけは避けようと思っている。

なぜか、「文化」とか「芸術」みたいなジャンルに限って、こういう「やったことないヤツが偉そう」って不思議な現象が起きる。野球やサッカー、フィギュアスケートみたいにスポーツだと、評論家はその道の選手として名を成した人たちなんだけどさ。

別に「実技ができないヤツが語るな」とまで言ってるわけじゃなくてさ。どんなジャンルにしても、評論家は「自分ができないからこそ、実際のプレイヤーには敬意を払えよ」って言いたいんだよな。

評論家だとかマスコミが、取材対象をどれくらい評価や理解してるかなんてのは、ちょっとした言葉ですぐにわかるもんだよ。

映画監督としてインタビューを受けていても、そう思う。映画記者の質問で、オイラが一番「コイツ、バカなんじゃないか?」と思うのが「この映画のテーマはズバリ?」とか「この映画を一言で表すと?」っていうヤツ。

そんなもん、サラッと言えるわけがない。一言で表現できるくらいの浅～いテーマなら、わざわざ手間暇かけてカネもかけて頭をフル回転させて、映画なんて撮らないよ。それくらい、作り手に怒られなくてもわかりそうなもんだけど。

なんでニッポン人は何でも一言でまとめたがるんだろう。「今年の漢字」ってヤツもオイラは嫌いだ。色々あった1年間を「絆」みたいな一文字で総括しようって了見が気に食わない。世の中、みんなそれぞれ悲しいことがあったり、悔しいことがあったり、苦しんでたり、いろんな人たちであふれてるんだぜ。それなのに「そんな簡単な一言でくくられてたまるか」って思う。

これはついでになるけど、マスコミの中で特に「情けない」と感じるのがスポーツ新聞がやってるネットニュースだ。オイラが『ニュースキャスター』や『TVタックル』でしゃべった内容を、「たけし○○について語った」とかいうタイトルでニュースにしてさ。別に悪いことじゃないのかもしれないけど、テレビ番組のコメントを拝借するだけなんて、取材とは言えないだろう。プロとしてのプライドはないのかって話でさ。

インターネットのまとめサイトが、無断転用や捏造で、とんでもない医療記事を垂れ流していたというニュースもあった。

最近、そういう当たり前のモラルみたいなものが忘れられちまってる気がするんだよな。そのくせ、誰かがヘマすると寄ってたかって叩いて「炎上」みたいなことになるんでさ。なんだかチグハグな世の中になっちまってるよ。

乙武君が「不倫をしないマジメな男」と決めつけることに、潜在的な「差別」がある。

2016年は、ベッキーと『ゲスの極み乙女。』のボーカル・川谷絵音に始まって、不倫騒動が寄ってたかって叩かれた。「自民党から出馬か」という話になってた『五体不満足』の乙武（洋匡）くんまでターゲットになっちまってさ。

週刊新潮にオネエチャンとの海外旅行をスクープされて、直撃取材に「結婚してから5人ほど不倫してた」って認めちゃって、大騒ぎになったというわけなんだけどね。

教育者の活動もしていて、マジメで誠実なイメージがある乙武くんと「不倫」って言葉の響きがまったく合わないからここまで驚かれたんだろうけど、本当はこの問題はもっと根深い。みんなタブーにして口をつぐんでしまうけど、これは大事なことだから言わせてもらうぜ。

オイラがちゃんと考えておかなきゃいけないと思うのは、世間が「乙武くんは不倫をしないマジメな男だ」って勝手なイメージを抱いてるのはなぜかってことだよ。

「教育者として立派だから」とか「テレビで知的なコメントをしているから」とか、「著書に感銘を受けたから」みたいな理由だったらともかく、もし「身体障害者なのに不倫しているなんて……」とか「障害のある人はマジメに地道に生きてるもんだと思ってた」って感覚が根底にあるとしたら、それって実は、ものすごく差別的な考え方じゃないだろうか。

体にハンディがあろうがなかろうが、人間の性格や嗜好ってのはそれとはまったく独立したものなんだよ。障害を持ってる人だって、そうでない人たちと同じように性欲がある。もちろん不倫をすることだってあるのが当然なんだよな。

だけど、実際のところは「障害者だからそんなことはしないだろう」って決めつけてる人が多い。そんな実態を、今回の一件は浮き彫りにしたって一面があるんじゃないか。

オイラの友達にホーキング青山ってのがいる。史上初の「身体障害者お笑いタレント」としてオイラと一緒に本を出したりもしているんだけど、乙武くんと同じく両手両足が使えない。そのホーキングが、こないだ悔しがってたよ。「オレも五体不満足の身体障害者なのに、なんで乙武ばっかりモテやがるんだ」ってね。

オイラとホーキング青山の掛け合いには、タブーなんてないからね。

最近オイラは「立川梅春」って高座名で落語をやってるんだけど、コイツには「古今亭志んショー者」なんて名前をつけちまったぐらいでさ。障害のことだってお構いなしにネタにしちゃうしね。

「お前、本当に頭悪いなコノヤロー」

「そういうお前だって手が使えないじゃねェか、バカヤロー」

みたいにさ。

こんな話をすると、「とんでもない！」って人もいるかもしれないけど、本当はそういう遠慮のなさこそが本当の「差別のない社会」なんじゃないかとオイラは思ってる。

その点、今回の乙武くんの不倫では、みんなそういうハンディには触れない。

普通、オネエチャンと不倫をしたなんて話が出りゃ「女に手を出した」「手癖が悪い」「脇が甘い」なんて表現が当たり前に出てくるはずなのに、乙武くんの場合は完全なタブーだしね。「あれだけ叩かれたら手も足も出ないだろ」もアウトというさ。だけど、そうやって「タブーに触れない」「見て見ぬふりをする」ってことが続いてたら、このニッポンのヘンテコな建前社会は何も変わらないよ。

まァ、乙武くんは、これまでもそういうタブーを飛び越えてきた人だからね。今回は皮肉なことに、身をもって「障害者も女好きは変わらない」ってことを世間に認識させた功績はあると思うよ。やっぱりそういう意味ではパイオニアなんだよな。

ベッキーが致命的だったのは、「不倫そのもの」より会見でついた「かわいそうなイメージ」だ。

そもそもの話、不倫ってそんなに世間から寄ってたかって非難されなきゃならないもんだろうか。これは別に、オイラが自分のことを突っ込まれたくないから言ってるわけじゃないぜ。ただ単純に「余計な御世話だろ」って思ってるだけだ。

とくにベッキーはかわいそうだった。『ゲスの極み乙女。』のボーカル（川谷絵音）との、いわゆるゲス不倫以降、大した仕事はできてないわけでね。ベッキーが復帰した最初の番組『金スマ』（TBS系）は、24％の高視聴率だったらしい。SMAPの中居くんの質問に涙ながらに答えて、会見で「彼とは友達です」と嘘をついたことを認めたり、「相手の奥様を傷つけた」「本当に迷惑をかけた」とか謝ってさ。

まァ、フライデー事件、バイク事故と、サンザン「問題会見」をやってきたオイラに言わせりゃ、このベッキーのやり方は、ちょっと「悪手」だったと思うんだよな。

ベッキーは終始深刻な表情で答えてたけど、それを見せちゃったことは、今後バラエティ番組に復帰するときにきっと邪魔になるぜ。どんなにバカバカしい番組で、ベッキーがキャッキャッと笑ってても、『金スマ』の涙を思い出して、視聴者はフッと我に返っちゃうと思うんだよ。

「ああ、無理矢理笑ってる」とか、「仕事だもん、辛くても頑張るしかないよな」なんてさ。テレビを観てる人が、出演者の心情を慮っちゃうようになると厳しいよね。

ベッキーのウリってのは、「清純派」であること以上に「明るさ」だからね。オイラの孫だって、この子のこと大好きでさ。「お祖父ちゃん、ベッキーさんにサインもらってきて」なんて頼まれて、あの子の楽屋にまでお願いに行ったことがあるもんな。向こうのマネージャーは目を丸くしてたけど。孫はオイラのことをただのジジイと思ってたようで、「スゴいじゃん!」って褒めてくれたよ(笑)。

で、それからしばらくして「ベッキー何か悪いことしたの?」と聞かれて、〝前科〟のたくさんあるオイラは黙るしかなかったというオチなんでさ。

とにかくオイラが言いたいのは、ちょっとぐらい世間をはぐらかしたって、ベッキーは「暗さ」とか、「悲しみ」みたいな感情を表に出さないほうがよかったってことなんだよ。

中居くんも、シリアスな雰囲気を出すより、「オレのほうが大変だったべ!」なんて言って、明るく笑いのネタに変えちゃったほうがよかったって思うけど。

そもそもの話をすると、ベッキーは最初の会見から脳天気にやるべきだったし、その後仕事を休むべきじゃなかったと思ってる。いくら批判されたって、「ひど〜い!　まさか結婚してるとは思いませんでした!」って開き直って、「私こそ被害者だ!」って言ってればよかったんだよ。別に世間に顔向けできないほどの悪事をしたわけじゃないしさ。

不倫で謝るとしたら、それは男のほうだろう。いくら芸能人が人前に出る仕事だからって、男を好きになっただけでここまでボロボロにされる必要はない。世の中には、同じような悩みを抱えてるベッキーと同世代のオネエチャンたちがいっぱいいるだろうけど、ここまでサンザンに叩かれた人はいないぜ。

だけど、世間のベッキー批判派の主婦も、テレビのコメンテーターも、よくも他人の色恋でそこまでムキになれるもんだよな。みんなヒマで仕方がないってことなのかな。

元議員の宮崎謙介、ファンキー加藤、三遊亭円楽、中村橋之助（現・芝翫）と、男の不倫もいっぱいバレちゃったけど、三遊亭円楽は貧乏くさくていけねェや。橋之助のほうは週刊誌の記事に「ホテルオークラへ消えた」みたいに書いてあるのに、円楽は錦糸町の貧乏くさいラブホテルで「ご休憩4500円」だもの。だから歌舞伎と比べて、落語はナメられるんだよ（笑）。

同じ古典芸能で、ここまで違うかって話でさ。長屋話ばかりやってるから落語は貧乏くさくなっちまうのか、それとも歌舞伎と比べて補助の手厚さがまるで違うからか？

いずれにしてもカッコ悪いことこの上ないぜってての！

ＡＳＫＡが本気でシャブを止めたいんなら、ドゥテルテ大統領のいるフィリピンに移住するしかない。

このところ、有名人の薬物使用が大きなニュースになっている。２０１４年には、『シャブ&ＡＳＫＡ』で話題になったＡＳＫＡが逮捕された。２０１６年１月には、球界を代表する大打者だった清原（和博）も捕まった。ＡＳＫＡの２度目の逮捕は「尿検査の手続きの不備」で不起訴になったけど、これもなんだかよくわからない経緯だった。

この２人は、本当にクスリを克服できるんだろうか。まァ、清水健太郎や田代まさしを見りゃわかるように、覚せい剤を完全に止めるってのは本当に大変なんだよ。専門家に聞いたら、覚せい剤中毒になると、もう脳みそから歯止めが利かなくなっちゃうんだって。それに、いわゆる売人は過去にクスリやってた人間をみんな把握してるからね。どうやったって、ほとぼりが冷めたらコッソリ儲けようとするヤツが近づいてくる。誘惑があれば何度でもやっちまうのは目に見えてるわけで、とくに、ＡＳＫＡみたいに印税でカネがガンガン入ってくる歌手なんて、ムチャクチャいい客なんだよな。

だけど、ミュージシャンってのはなんですぐクスリにハマってしまうんだろう。だいたい、ＡＳＫＡみたいに60歳近くになって、「愛がどうたら」とか「勇気がどうの」とか、普通の神経じゃ歌ってられないぞ。あんなインチキ臭くて恥ずかしいラブソングを平気で歌えるようになるには、頭のネジを１本も２本も外さなきゃ無理なんじゃないの。だからクスリに頼っちゃうんじゃないかってさ。

オイラは80年代の一番バリバリ仕事やってた頃、収録がハネたらそのまま飲みにいって、朝になったら草野球やって、それからオネエチャンところに遊びに行ってまた仕事っていう毎日で、ろくに寝てなかったもんだから「たけしはシャブやってるに違いない」って噂が出たことがある（笑）。まァ、昔はそれぐらい元気だったんだけど、クスリだけは絶対やらないね。

オイラは浅草での修業時代に、ヒロポンでボロボロになっていく芸人たちを見てきたからね。有名なある師匠が、楽屋でおかしな幻を見て勝手に怯えてたこともあった。ストリッパーを見て「あの刑事、また来やがった！」って言ったり、誰もいないのに「警察に囲まれてる！」って段ボール箱に隠れたりさ。そういうのを見てるから、あんなオソロシイもんに手を出すヤツラの気が知れないぜってね。

昔の浅草のコメディアンって、だいたい50代で死んじまってるんだけど、やっぱりあれはヒロポンのせいじゃないかな。脳に血栓ができてしまうとも聞くし、死んでも骨がボロボロで、遺体を焼いても骨も拾えないっていうしね。ヤク中の最期ってのはそりゃ悲惨なもんらしい。

ヤク中なんてそんな「ダサい」ものなのに、最近の薬物は下手にカッコイイ名前がついてるのが良くないよ。シャブのことを「スピード」とか「エス」とか言ったりさ。もっとカッコ悪い名前にすりゃ、ファッションで飛びついてるヤツラは離れていくんじゃないか。いっそのこと「タマキンブクロ薬」とか「チンカス粉」って名前にしちゃえばいい。

いっそのことASKAは、ニッポンを捨ててフィリピンに移住しちまうってのはどうだい？　一躍有名になったフィリピンのドゥテルテ大統領は、1か月で麻薬容疑者を400人射殺しちまうような男だからね。これじゃあいくらシャブをキメたくてもクスリには手を出しづらいだろってね。

クスリを売ったら即死刑の中国も移住先にいいんじゃないかってさ。売人も少ないだろうし、「のりピー」と同じで、向こうじゃ「チャゲアス」もそこそこ人気があるんだろうからね。ぜひ、向こうじゃ中国っぽい雰囲気の持ち歌の『万里の河』でも歌ってほしいね。「どれだけ待てばいいのですか〜ヤクが抜けるのを〜♪」ってさ。切実すぎて、客も引いちまうぞってね。

で、盛り上がってきたらクライマックスはもちろん大ヒット曲の『YAH YAH YAH』だよ。はじめは「ヤー、ヤー、ヤー」って歌ってたはずなのに、いつの間にか「ヤクー、ヤクー、ヤクー！」って絶叫し始めるというさ。ステージ上でついに禁断症状が出ちまうってオチなんだよ。

まァ、可哀想なのはチャゲのほうだよな。やっぱりあの2人だと、メインはASKAなんだろうからさ。「ツービート」でビートきよしさんだけが残っても、どうにもならないのと一緒だな（笑）。

やっぱりASKAは清水健太郎と組むしかないよ。元ラッツ＆スターの田代まさしと3人でやってもいいんじゃないかってさ。それこそ新生「シャブ＆飛鳥」だってね。デビュー曲は『SAY NO』（やってません！）で決まりだな。お前ら3人が「やってない」といっても、誰も信じてくれないぞってさ。で、対抗してチャゲも新ユニット「チャゲ＆アンナカ」を結成するの。もう大笑いだよな。

だけどこのところ、医療大麻解禁を訴えてた高樹沙耶の逮捕やら、長野県の限界集落で大麻を栽培してた〝大麻村〟の22人が摘発されたり、麻薬・薬物がらみのニュースが多いよな。そんなときにこんなこと言うと怒られちゃうけど、いっそのこと「75歳までの麻薬使用は即死刑」「75歳以上は無罪どころか無料！」ってしちゃえばいいんだよ。

そしたら老人たちは快楽に溺れつつ勝手に死んでいくんで、簡単に高齢化社会が解消できるというさ。

まァ、大麻解禁論者ってのは、主に「タバコより体に害がない」みたいな理由で合法化を主張するけど、実は体にいいとか悪いとかってことより、国にとってもっと不都合なことがあるんだよな。それは「働く気がなくなる」ってことだよ。

大麻をやると、みんなダル〜くなっちゃって、まったく働かなくなる。大麻が蔓延している地域ってのは、たいがい生産性がものすごく低くなってしまってるんだよな。

税金がほしい国・政府にとっちゃ、大麻でラブ＆ピースなんてやられちゃたまんないってオチなんだよ。

ボランティアを「偽善」と叩くヤツラも情けないが、自分の寄付をひけらかす芸能人はもっと情けない。

東日本大震災に始まって、熊本の大地震や鬼怒川の氾濫など、最近のニッポンじゃドンドン災害が起こってる。こういう災害時によく出てくるのが「寄付」の話だ。

熊本の大地震でもいろんな芸能人が寄付をしたり、ボランティアに参加してた。だけど、このところの世間の反応はそれを歓迎するものばかりじゃなくて、「叩く」ものも多くなってきた。たとえば、ダルビッシュ有の元の奥さんでモデルの紗栄子が５００万円を寄付したのが、ネット上で「偽善だ」と批判されて炎上した。他にも、ボランティアに行ったタレントが「売名だ」と叩かれたりした。

そもそも寄付もボランティアも自分の意思でやることなんで、他人や世間がアレコレ言うべきことじゃない。いくら売名だと言われようと、身銭を切っているのは事実だ。寄付自体が立派なことなのは間違いないよ。

だけど、そもそもなぜ「誰がいくら寄付したか」みたいな情報がここまで世間に知れ渡っているのかって疑問はある。昔から寄付だとかボランティアってのは、世間にバレないようにコッソリやるのが当たり前で、それが美徳だったと思うけどな。寄付するのはかまわネェけど、「私は寄付しました」っておおっぴらに名乗るのは、何だか違う感じがするね。

ニッポン人の「粋」ってのは、昔からそういうもんだったはずだぜ。時代劇なんか観たってそうじゃない。人助けをして「おじさん、お名前は?」って聞かれても、「名乗るほどのもんじゃねェよ」って去っていくのがいい話だったわけ。誰かを助けるときには「オレからカネをもらったなんて絶対に言うなよ。みっともないから」っていうのが基本だったんだよな。

それが今じゃ、振込用紙をネットにアップして「寄付しました〜」ってアピールしてるバカがいる。せっかくいいことしてるのに、あんまり下品だから損しちゃうんだよね。

そもそもボランティアってのは「気持ち」が大事なはずだからさ。「500万円」なら褒められて、「50円」だったらバカにされるってもんでもない。スポーツ新聞やらで、有名人の寄付の額がガンガン報じられるのも、なんか違うぞって気がするね。

そういえば東日本大震災のときの寄付って、キチンと被災者のために使われてるんだろうか。オイラもそれなりに寄付したけど、その使い途がどうなってるのかまったくわからない。慈善団体にはもうちょっとわかりやすくカネの行方を教えてほしいもんだよな。じゃないと、今後同じようなことがあったときに「あれじゃあ役に立つのかわからない」「誰かが途中で抜いてるんじゃないか」って思われちゃうよ。

あと、震災ボランティアで一番腹が立つのは、「僕たちには歌しかない」とかいって、勝手に被災地でライブをやってる、名前も知らないミュージシャン（笑）。「ふざけるなバカヤロー」って殴りたくなるよな。それこそ売名に違いないぜ。

一過性だった「アイス・バケツ・チャレンジ」のくだらなさ。アレは「不幸の手紙」と変わらない。

ボランティアと言えば、愚の骨頂だったのが、ちょっと前に流行った「アイス・バケツ・チャレンジ」ってヤツだよ。

あんなの、まるで『オレたちひょうきん族』でやってた「ひょうきん懺悔室」だぜ。絵面だけ見りゃ、キリスト様に「バ～ッ！」ってやられて、水をドバッとかぶってるのと同じ。オイラは正直、「いったいこの人たちは何をやってるんだろう」と思っちまった。

難病であるALS（筋萎縮性側索硬化症）の研究を支援するための運動で、指名された人は24時間以内に頭からバケツに入った氷水をかぶるか、100ドルをアメリカのALS協会に寄付するか、あるいはその両方をやるかを選ばなきゃいけないらしい。で、やった人間はさらに3人を指名して、ドンドン「氷水かぶり」の輪が広がっていくという図式でさ。

この運動には、アメリカのブッシュ元大統領、マイクロソフト創業者のビル・ゲイツ、ソフトバンクの孫正義社長、サッカー選手のネイマールにレディー・ガガと、いわゆる「セレブ」たちがガンガン参加したんだよな。有名人がこぞってやってることもあって、この運動に賛同したり、褒め讃えたり、肯定的なニュースばかりだった。

だけどオイラにとっちゃ、こんなものうさん臭くて仕方がない。だからテレビ（『ニュースキャスター』）でも、「指名されても絶対やらない」「カネも払わない」って言ってやったんだよ。別に理屈をズラズラ並べて批判したわけじゃない。オイラは一言だけ、こう言ったんだよ。「何で冷たいのをかぶんなきゃいけないんだよ？　オイラは熱湯に入ってカネを取る方だぞ。宗旨がまるで違う」ってね。

説明はいらないかもしれないけど、PTA激怒のオイラの名物企画、『スーパージョッキー』の「熱湯コマーシャル」を引き合いに出して茶化してやったんだよな。ああやって一言のギャグにしてぶった切ることが、ときに100の理屈を並べるより本質を突いちゃうことがあるんでね。だからなのか、その後の反響は思った以上に大きかったよ。あれ以来、記者会見やら色々なところで「アイス・バケツ・チャレンジ批判発言の真意は？」って聞いてくるんだよな。確かにテレビじゃサラッとしかこのテーマに触れられなかったんで、オイラの抱いた「違和感」の正体を詳しく話してみたい。

まァ、これがもしバラエティ番組の企画だっていうんなら別に目くじら立てることもない。オイラなら、この「氷水かぶり」をもうちょっとヒネって、さらに面白くしてやろうって思うんでさ。

たとえば、「あの有名司会者Oさんや有名作曲家Kさんが〝かぶってる頭〟に水をかぶる〝Wカブリ〟に挑戦！」なんて企画なら大笑いだぜ。そこに「アソコがかぶってる〝下半身カブリ〟のオイラも参戦！」なんてくだらないオチまでつけちゃうぜってね。

だけど今回は、お笑いじゃなく「チャリティー活動」なのにこういうキャッチーな体裁をとっていることがまずうさん臭いんだよな。オイラに言わせれば、こんなキャンペーンで氷水かぶるなんて、ヅラかぶるより恥ずかしい。

あのシステムって、一見して明るく爽やかそうに見えるだけで、中身は昔流行った「不幸の手紙」とまったく変わらない。「氷水をかぶるか、さもなくばカネを払え」なんてのは親しい人間に突きつける話じゃないだろう。付き合いの薄い人間ならなおさらだ。こんなに失礼な話はないよ。「参加は自由」ってのも、このニッポンじゃ単なる建前だね。この国じゃ、オイラみたいに「やんねェよ、バ〜カ」なんて言えるヤツはごく一部でさ。ほとんどの人は周りの空気を読んで、「やっといたほうがいいのかな」って流されちまう。同調圧力にトコトン弱いニッポン人にとっちゃ、半ば強制されてるようなもんだよ。
『笑っていいとも!』のテレフォンショッキングが、「友達の輪」で出演者をつないでいくって建前をとってたのに、出演者が電話で相手に「はじめまして」って言っちゃって、「何だよ、仕込みじゃねェか」ってバレちゃったことがあったけどさ。なんだかアイス・バケツ・チャレンジにも、それと似た軽薄さを感じるんだよな。

何もオイラはチャリティー活動そのものを否定しているわけじゃない。今回の件だって、ALSって病気の存在が世間に広く知られるって効果はあったと思うしね。ただし本音を言えば、「なぜALSだけを特別扱いしなきゃならないのか」って疑問はある。ニッポンではALSは医療費の全額を公費で負担してもらえるわけだし、ひとつの病気にだけこういうことをやっていたらキリがなくなるんでね。もっと他にも優先して寄付をするべきところはあるはずだよ。

もうひとつ気になるのは「カネの使い途」について詳しく論じられてないことだ。氷水をかぶった人たちは「自分が払ったカネがどう使われるか」ってことをしっかり調べてから参加したんだろうか。

ちょっと前、「ホワイトバンドキャンペーン」ってのがあった。腕に着ける白いゴムバンドを買うと、そのカネが発展途上国の貧困層に回されるっていう話だった。だけど、その一方じゃ「売上金の使途が不明瞭だ」って批判もあったわけでね。

今回のアイス・バケツ・チャレンジで寄付を集めている団体はマトモなのかもしれないけど、少なくとも運動に参加した有名人は自分の払ったカネの何%が本来の目的のために使われるのかは知っておく義務があるし、それすらしないで参加しちゃいけないだろうな。

もしかしたら、ほとんどが宣伝費やらロビー活動に使われて、実際に救うべき人たちに渡っているのは収益の1割、2割程度ってこともありうるわけだからね。そういう実態をきちんと把握しないで、こういう活動の広告塔になるのはかえって無責任だよ。

あんまり自分では言いたかないけど、オイラはゾマホンの母国のベナンで7か所ほど学校を建てた。所ジョージと2人で自動車も4台寄付して、それからも食料援助をできる限り続けてる。ボランティアを真剣にやるってことが、どれくらい大変なのかはそれなりにわかってるつもりだよ。

それなのに、今さら「水をかぶってカネを出せ」なんて言われたって困る。「そんな単純なもんじゃねェ」って文句の一つも言いたくなる。別にブームに便乗しなくたって支援するべきものは支援するし、カネを出すときは出すよ。だからこそ、こういう一過性になってしまう可能性が高いイベントに踊らされちゃダメだって思いは常にある。

このなんとも言えない「軽い美談」に、すぐ飛びついて、そしてすぐに飽きてしまうのがニッポン人だ。東日本大震災の時だってそうだった。震災直後は、いろんな芸能人が被災地に行って、ステージで歌ったり炊き出しをやったりしていた。でも震災から3年経って、そんな話はめっきり聞かなくなっちまった。

被災地の人たちを本気で助けたいなら、今こそ行かなきゃダメなんだよな。震災から時間が経って、ドンドン報道が減ってしまっている今こそ、芸能人は被災地に行って注目を集めたり、本当に困っている人たちの日常をサポートしてあげるべきだ。でも、オイラも含めてそうするヤツはほとんどいない。そんなんじゃ、「あれはただのブームだったのか」「売名行為だったんじゃないか」と批判されたって仕方がないよ。

アイス・バケツ・チャレンジもまさにそうだ。みんなでワーッと盛り上がって、「カネの行方」「他に救うべき人たち」のことまで頭が回らない。結果的に、メディアに消費されるニュースのひとつでしかなくなってしまう。

まァ、ニッポン中でよさこい祭りをやったり、阿波踊りをやったり、サンバカーニバルをやったり節操ないお国柄だから仕方ないのかもしれないけど、派手なものに一気に流れるこの「軽さ」は、最近ちょっとヤバい。

大人の男たちには、そんな流されやすいこの国の危険な雰囲気を、どこかで感じ取っていてほしいと思うけどね。

「CD買ってアイドルの握手会」っていうのは、パチンコの換金システムとまるで同じだ。

インターネットやSNSで、一般人も不特定多数に発信できる世の中になった。そのせいか、「自分も頑張れば有名になれる」と勘違いしてしまう人たちが増えている気がする。そういう時代は、常に「危険と隣り合わせ」だとキチンと考えておいたほうがいい。

東京・小金井で、シンガーソングライターをやっている20歳の女子大生が27歳のファンに刺されちまった可哀想な事件があった。これを機に、メディアには出ないけどライブやイベントで活動する「地下アイドル」って呼ばれるオネエチャンたちの存在がドンドン報じられた。芸能プロに所属しているわけでも、マネージャーがいるわけでもないのに、ファンとネットで直接やりとりしたり、握手会をしたり。中にはファンに肩もみをしてくれたり、一緒にバスツアーに行けるアイドルもいるっていうんだから驚くけどさ。

もちろん「ファンを増やしたい」「人気者になりたい」って思いがあるからそういうサービスを企画するんだろうけど、一歩間違うと危ないよ。直接交流する機会が増えるほど、ファンから「勘違い」される可能性だって増すわけでね。また悲惨な事件が起こっても不思議じゃない。

最近は、メジャーなグループでも「CD購入がアイドルとの握手会に参加する条件」みたいな商売が当たり前になってる。だけど、それってグレーゾーンだよな。本当は「可愛いオネエチャンの手を触りたい」ためにカネを払っているのに、それが「CD」という商品を経由することでオブラートに包まれているわけでさ。これって「パチンコの換金システム」と似てる。パチンコ屋で現金を渡すと賭博で違法になっちゃうから、パチンコ玉と引き替えに「特殊景品」をもらって別の店で換金するんだけど、アイドルの「握手会ビジネス」もこれとソックリじゃないかってね。

本来アイドルってのは「偶像」だからさ。「手が届くアイドル」って概念は矛盾してて、「手が届かないから価値がある」ものなんだよ。なのに、ファンのところまでアイドルが降りてきちゃうから、勘違いヤローが出てきてしまう。

そもそもアイドルを名乗るオネエチャンが増えすぎて、需要と供給のバランスが崩壊してる。アイドルなんて職業は、「自分から有名になろうと思わなくても世間がほっとかない」というごく一部の恵まれた存在だけに許されたものだよ。

そもそも昔の親は、娘が「アイドルになりたい」「芸能界に入りたい」なんて言ったら、蹴っ飛ばしてたもんだ。昔は「芸能」なんて仕事は、カタギの人間が憧れるもんじゃなかった。自分がそうだからわかるけど、他にやれることがなくて社会からはみ出した人間の集まりが「芸能界」だったんだよ。クスリをやって捕まった人間が平気な顔で復帰できるのもこの業界くらい。元々、そんな立派な世界じゃないんだよ。

ところが今じゃ、親がガキを芸能界に入れたくて、「お笑いスクール」の学費を払ってやるくらいなんでさ。その辺から「おかしいぞ」と考え直したほうがいい。

やっぱり「教育」ってのは、親にそれなりの見識が必要なんだよ。親にマナーの心得がなけりゃマナーを教えられないし、一般常識がなけりゃ子供に常識的な教育やしつけなんてできない。野球をやったことのない父親が息子に野球をコーチしたって、かえって変なクセをつけさせちまうのと同じだよ。

一方じゃ、自分の子供を叱ることすらできなくて、出来が悪いのを全部世間のせいにする親もいる。「ウチの息子の成績が上がらないのは、教師の質やクラスの環境が悪いからだ」とか、「なんでこんなに可愛いウチの娘が、学芸会で主役になれないんだ」とか、親が真顔で教師にクレームを入れてくるんだってさ。

子供に「努力すれば夢は叶う」という親は多くても、「自分がバカなのを他人のせいにするな」「お前程度の顔じゃ主役になんてなれないよ」と、子供に厳しい言葉を言える親がいなくなってるんだよな。

だから自分を客観的に見られなくなって、無謀なアイドル志望のオネエチャンだとか、「自分もアイドルと付き合えるかもしれない」と信じ込むバカな男が出てくるんだっての。

「賞味期限」も「エコ」も消費者のためにあるもんじゃない。「経済」のためのセールストークに過ぎない。

ニッポンが「デフレ社会」と呼ばれるようになって久しい。他の先進国と比べても、この国の物価は品質の割にとても安いらしい。だからなのか、いつの間にか世の中のジョーシキは「安ければ安いほどいい」ってことになっている。

だけどそれって本当だろうか。最近、やっぱり「安いものにはリスクがある」って思う出来事が増えている。スキー客を乗せた夜行バスが転落して若い学生たちが亡くなったり、廃棄されるはずの食品・原材料が横流しされて、ファストフード店やコンビニの店頭に並んでしまっていたりさ。

事件・事故に関しちゃ、それを引き起こしてしまった当事者に問題があるのは間違いないんだけど、ひとつ気をつけなきゃいけないのは「安いものは疑え」っていう大前提を、現代ニッポンが忘れちまってるってことだよ。

やっぱり、安いものにはリスクがあるってのは当然のことでさ。いまのニッポン人はコンビニやチェーン店の存在に慣れすぎて「どんなに安くても品質はキチンとしてる」と思ってるけど、そんな認識が当たり前になったのはつい最近のことだ。

オイラがガキの頃は戦後のドサクサの雰囲気がまだ残ってて、その辺の商店も食い物屋も、子供相手の駄菓子屋も不衛生なことこの上なくてさ。子供のわずかな小遣いで買える駄菓子なんて、腹下して当たり前のシロモノだった。

だからオイラの場合は、「安いものには気をつけろ」って身にしみてわかってる。そういう感覚って、どんなに便利な時代になっても忘れないほうがいいと思うぜ。

ただ一方で気になるのは「賞味期限」ってものの不思議さだよな。

ちょっと前にカレーチェーンの廃棄カツを横流ししてた業者が問題になった。もちろんこれは絶対にやってはいけないことに間違いないけど、見方を変えると「賞味期限切れなのに問題なく食えそう」だから起こってしまったって側面もあるだろう。きっとガキの頃のオイラだったら、廃棄カツを見つけりゃ「旨い、旨い」と平気で食ってたんじゃないだろうか。

オイラは性格が悪いから、もしかしたら賞味期限ってのは「消費者の健康と品質維持のため」というより「経済を回すため」にあるんじゃないかと勘ぐってしまう。「ちょっとぐらい古くたって食える」「まだ食えるのに捨てるのはもったいない」って考え方は、カネをジャンジャン回すためには非常に都合が悪いんだよな。

よく考えりゃ、家電製品だってそうじゃないか。

メーカーは「エコな新製品が登場!」ってバンバン広告を打つし、量販店は「修理するより新製品を買った方が安上がりですよ」ってすぐに買い換えを勧める。だけど、本来なら古いものを大事に長く使うことこそ一番の「エコ」じゃないかってね。結局、「エコ」っていう言葉すら、経済を回すためのセールストークになっちまってるんだよな。

「人の親」より「ペットの里親」になるほうがハードルが高い矛盾が放置されている。

最近よく、幼児虐待の事件を耳にする。生まれたばっかりだったり、小学校にも上がらないような小さい子が、親から惨い仕打ちを受けてるってニュースがガンガン報じられている。ときには子供が死んでしまうケースだってあるから救えない。

親がバカで未熟だからっていえばそれまでなんだけど、多いのが「嫁さんの連れ子が虐待を受ける」ってパターンだ。もともと実の子じゃない子供にちゃんと愛情を注ぐには、その人間にそれなりの良心とモラルが必要になってくる。だから、もしかしたら「再婚相手はちゃんと定職に就いているのか」とか、子供を守るために一定の確認項目を設けた方がいいのかもしれない。

よくこういうテーマじゃ「行政の怠慢」が議論になる。「相談を受けていたのになぜ救えなかったのか」ってね。それはわかるけど、虐待される心配のある子をすべて見つけ出してケアするのはなかなか難しい。だからこそ、「入り口」のほうに気を遣ったほうがいいんじゃないかって思うんだよな。

これはものすごい矛盾だと思うんだけど、この現代ニッポンじゃ、人の親になるより犬や猫の里親になるほうが大変かもしれない。

こないだ犬猫の里親募集サイトを覗いてたら、その条件がものすごく厳しいんだ。希望者は収入やら家庭環境やら、ありとあらゆる個人情報を提出しなきゃいけない。中には、里親希望者への家庭訪問を必須にしているところもあってさ。ちょっと調べて「オイラにゃ無理だ」と思っちまったね。

まァ、ペットを飼ってもすぐに捨ててしまったり、いじめたりしてしまうヤツもいるから、動物愛護の意味でやってることなのはよくわかる。だけど、ロクデナシの男が婚姻届出すだけで簡単に人の親になってしまう状況があって、一方じゃペットは厳重に守られているというのはおかしな話だよ。

よく言われることだけど、アジアの貧しい国じゃ、先進国の犬や猫のペットフードを作る工場で働いてなんとかメシを食ってる人もいる。この逆転現象に文句をつけるヤツがもっといたっていいのに、ニッポンは「猫ブーム」なんて浮かれてるんだからさ。そりゃヨーロッパ中が悩んでる難民問題が対岸の火事なのも当然だよな。

だけど、ペットってのはやっぱりなかなかいいもんでさ。オイラとペットにはバカ話もいっぱいある。

ガキの頃、オイラが「飼いたい！」って野良犬を家に連れて帰ったんだよ。だけど、オイラんちは人間が食うのにも必死なビンボー家庭だったんで、オヤジに「ふざけるな！すぐ捨ててこい」って言われちまったんだよな。

で、トボトボ歩いて家から何キロも離れたところまで犬を連れて行ったんだけど、オイラのほうが迷子になっちまってさ。「どうやったら帰れるんだ」って途方に暮れちまったんだよ。

そしたらその野良犬がワンワン鳴きながら歩き出してさ。それを追っかけていったら、なんと家まで着いちまったというね。それを知った母ちゃんが「賢い犬だ！」って感心して、おかげで飼うことになったという話なんだよ。

オイラがなんで犬を飼いたかったかというと、それは不純な動機でさ。同じ学校のかわいい女の子がいつも犬を連れて散歩してたんで、犬をきっかけに仲良くなれるかと思ったんだよな。

で、実際に犬を散歩に連れてって、その子に話しかけるところまではいったんだけど、ウチのバカ犬がその子の犬に後ろから覆い被さって、腰をカクカクやり始めてさ。女の子は真っ青だよ。

オイラもそのあまりの勢いに立ち尽くすしかなかったというね。もちろん、その後その女の子は目も合わしちゃくれないよ。

「コラ、飼い主の魂胆を代弁するんじゃない！」ってオチなんだよな。賢いのかバカなのか、どっちにしてもオイラにぴったりのペットだったんだっての！　ジャン、ジャン、ジャン！

おまけ　その1

最旬人物「ヒンシュク大賞」を決定するぜっての

『週刊ポスト』連載「ビートたけしの21世紀毒談」の人気企画がスピンアウト！　スキャンダル続出で、政財界、芸能界、スポーツ界などあらゆるジャンルからお騒がせ人物が登場した2016年。その中でも最も「悪目立ち」した人物に贈られるのが、ビートたけしプレゼンツ『ヒンシュク大賞』である。さて「世界のキタノ」が栄冠を授けるのは誰だ？

――たけし審査委員長、今回は豪華ですよ～。〝現代のベートーベン〟佐村河内守さんと元兵庫県議の号泣男・野々村竜太郎さんという「10年に1人の逸材」がW受賞した2014年を上回る質と量です！

たけし（**以下、「」内すべてたけし**）「何が『質と量』だ、バカヤロー。言っとくけど、オイラは『ポスト』から勝手に審査委員長に祭り上げられてるだけなんだからな。その辺ちゃんと言っとかないと、そのうち『お前が言うな！』ってブーメランが跳ね返ってきそうだよ」

――ご心配なく！『フライデー』殴り込み、バイク事故、そして数々の女性問題とこれまで芸能界トップクラスのヒンシュクを買いまくってきたビートたけしさん以上に、この賞の審査委員長の適任者はおりません！

さァ、早速選考に参りましょう。最初のノミネートは、『笑点』司会交代劇の最中に錦糸町で女性とラブホにしけこんでいたのがバレてしまった三遊亭円楽師匠！

「『よ！　日本一のモテ男！』って拍手してやりたいところだけど、入ったラブホがご休憩4500円ってのは頂けないね。重鎮なんだし、そこはミエを張ってもらわねェと。それにしても落語界は今でもこの話で持ちきりらしいぜ。昔、古今亭志ん朝さんが自宅の場所から『矢来町の師匠』と呼ばれてたけど、最近は円楽も『錦糸町の師匠』で通るらしい（笑）」

――よしなさい！

「でも惜しかったよな～。もうちょっと後なら週刊誌にスッパ抜かれても『ポケモン探してました』って言い訳すりゃなんとかなったのに。現場のラブホ近くにある錦糸公園は、珍しいポケモンがいっぱい取れるんで有名になったらしいじゃないの。オイラもヤバいときは『ポケモンGOで、つい』って言おうと思ってるんだっての」

――そんなの通用するわけないでしょ！

まさに全員ヒンシュク

――円楽さん以外にも、今回は不倫でヒドい目に遭った候補者がたくさんいます。芸能界の話題をさらったベッキーさん、「孕ませＷ不倫」のファンキー加藤さん、昔の同級生とヤッちゃった「とにかく明るい安村」さん、そして長年の愛人に関係を暴露された桂文枝さん……。

「まァ、このテの話に関しちゃオイラも北島康介ばりに『何も言えねぇ』なんだよな。不倫ってのは、別に当事者以外に迷惑をかけるわけじゃねェんだから、そんなに目くじら立てる必要ないよ。特にベッキーはかわいそうだよ。たった一度の色恋の過ちで若いオネエチャンがここまで世間から袋叩きにされるいわれはねェよ。叩くなら男を叩けってんだ」

――さすが、不倫では他人にも自分にも寛容ですね。

「うるせェぞ、コノヤロー！」

――ということで、13年の大賞受賞者・矢口真里さんも再びノミネート。たけし審査委員長と共演した『日清カップヌードル』のCMが、視聴者から『不倫していた矢口をネタにするな』ってクレームが入り放送中止になってしまいました。

「あぁ、あの矢口に『二兎を追う者は一兎をも得ず』って言わせたヤツか（笑）。バカバカしいよな。それならオイラだってとっくの昔にテレビに出られなくなってるよ」

――テレビは女性視聴者が多いからか、女性タレントの不倫に対する風当たりは本当に強いですね。

「だけど笑っちゃうのは、当事者の芸名・バンド名が『ファンキー加藤』だったり『ゲスの極み乙女。』だったりしたことだよな。〝名は体を表す〟とはまさにこのことじゃないかってさ」

——さて不倫関係では、政界からもノミネート。「育児休暇を取る」と宣言しておきながら、妻・金子恵美議員の出産直前に元グラビアアイドルと浮気していた宮崎謙介・元衆議院議員です。

「一般人の男が育休を取るのは家庭や会社の事情によってもちろんアリだけど、血税からウン千万のカネをもらっている政治家の場合どうなんだろう。結局、男にヒマを与えるとロクなことがないって見本になっちゃった。オネエチャンと遊ぶのは勝手だけど、育休宣言でアウトだよ。まァ、男はヒマになると、どうしてもオネエチャンに走っちゃう生き物なんだよな。男の育休ってのは、もしかしたら考え物なのかもしれないよな」

——さァ、政界には優勝候補最右翼がいます。舛添要一・前東京都知事です！

「出た！　平成のドケチセンセイ！　実写版ネズミ男！」

——よしなさい！　海外出張でのファーストクラス使用やスイートルーム宿泊への批判から始まり、公用車での湯河原別荘通い、家族での回転寿司利用や美術品購入など政治資金の私的流用疑惑などをサンザン叩かれた末の辞任でした。

「ニッポンの〝モッタイナイ〟が世界でウケてるらしいけど、これで〝セコい〟って概念もワールドワイドになったね。この人、頭脳明晰がウリだったのに、一連の抗弁を見るとバカ丸出しだよな。『ホテル三日月で緊急会議してました。相手は言えない』なんて言い訳、ツッコミどころ作ってるだけじゃないの。自分で勝手に騒ぎを大きくしてた」

——ホテル三日月は「舛添効果」で以前にも増して大人気だそうですよ。

「今後の舛添の政治家生命は厳しいだろうから〝温泉好き〟を活かして早く次の仕事を見つけたほうがいい。舛添監修リゾート『ホテル満月』なんて作ったらウケるぜ。温泉評論家もいいんじゃないの。『う〜ん、いい湯だ。公用車で毎週通いたい！』『都の予算を使っても残すべき温泉だ』が決めゼリフなんだっての」

——いい加減にしなさい！

ホストクラブ「白いハンカチ」

——忘れちゃいけないのが「ショーンK」ことショーン・マクアードル川上さんでしょう。テンプル大学卒業、ハーバードでMBA取得もウソとバレて全ての出演番組を降板。さらにハーフと名乗っておきながら、実は九州・熊本生まれの「純ニッポン人」。高校時代と

は顔がまったくの別人で、整形疑惑まで飛び出しました！

「おなじラジオＤＪつながりってことで、ラジオ番組で共演者を殴っちゃった『名古屋のみのもんた』こと宮地由紀男って人とドツキ漫才コンビを組んで復活すればいいんじゃないの。

宮地『このホラッチョ！』

ショーンＫ『イテテ、やめてくださいよ』

宮地『良い声で痛がってるんじゃないぞコノヤロー』

なんつってさ。

まァ、宮地はともかくショーンＫはたいして悪いことしちゃいないんだから、ぜひ芸人として復帰してほしいね。『オフィス北野』に迎え入れるよう、森（昌行）社長に掛け合ってみるか！」

――さすが芸能界の再生工場！　それではこの人はどうですか？　クスリで逮捕された球界のスーパースター、清原和博さん！

「う〜ん、クスリを克服するのはそんなに簡単じゃないぞ。田代まさし、清水健太郎、小向美奈子の例を見りゃわかるだろ。危なくて仕方ないよ。もうちょっと様子見だな」

——プロ野球界からはもう一人ノミネートしています。タニマチである出版社社長にポルシェをおねだりしてた、北海道日本ハムの斎藤佑樹さん！

「PL学園のエースだった日テレアナの上重聡もパトロンからマンションやベントレーを提供されてたって話があったけど、コイツもかよ。甲子園のスターってのは芸人以上の〝ごっつぁん体質〟なんだな」

——斎藤さんの場合は「ハンカチ王子」の清廉なイメージがあるだけに、ショックは大きかったです……。後輩である大谷翔平クンが、二刀流の大活躍でチームを日本一に導くなか、ほとんど何も活躍できず踏んだり蹴ったりの1年でした。

「もうプロ野球じゃ斎藤も限界だろうから、そのおねだり技術を活かしてホストクラブでもオープンしたほうがいいね。店名は『ホストクラブ　白いハンカチ』で決まりだよ。おでこをハンカチで拭き始めたときが、〝おねだりタイム〟の合図でさ。きっと小金持ちのマダムが飛びつくぜ」

——よしなさい！　さて、ページがなくなって参りました。たけし審査委員長、「ヒンシ

ユク大賞」は誰の手に？

「待てよ、ひとり忘れてるぜ？　細川たかしさんだよ。あの人のあの頭を抜きに、最近の芸能界は語れないぜ。これまで、『芸能界のカツラKGB』を自称してきたオイラだけど、もうあの頭を見ていると『ヅラか、そうでないか』という議論は無意味とすら思えてくるよな。それくらい、あの頭は衝撃的だよ」

――ご本人は、北海道の増毛駅の前で「私は大丈夫」とカツラ疑惑を完全否定してましたけどね。

「そもそも、『額（ひたい）』という言葉の意味は何なのか。辞書で調べると、『眉毛と髪の生え際の間』と出てくるんだけど、そうすると、あの人の額ってのは、普通の人の3倍から4倍はあることになっちまうんだよな。もし『額の広すぎる人』をハゲって呼ぶんなら、細川さんは今の眉毛を全部剃って、額の上のほうに眉毛を描いちまえばいい。そうすれば、ハゲじゃなく『まぶたの厚い人』になるんだからさ」

――あのぅ、細川さんの何がヒンシュクなのかわかりませんが……。

「細川さんの頭を見ていると、もうそんなところまで思いを馳せちまうんだよ。正直、あの髪型の神秘に比べりゃ、『ゲス不倫』なんて、どうでもいい些細なことだっての！」

――ああ、もう脱線しまくりです！　改めて、細川さん以外で大賞を決めてください！

「お笑いタレントとしての復帰も願って、『ショーンK』さんに決定！　この人のタレントとしての真価が問われるのはこれからだよ。芸人のヒロシや『麒麟』の川島みたいに、いい声で『ホラッチョです』っていうだけでバカウケ間違いなしなんだからさ。カムバック待ってるぜっての。ジャン、ジャン、ジャン！」

第3章

テレビじゃ言えない「天国のあの人たちの話」

オイラのにっくき恩人・大橋巨泉さんは、芸能界一の「負けず嫌い」だった。

この数年で、オイラと関わりの深い人たちがたくさん亡くなった。テレビで惜別コメントを求められることも多いけど、そこでは語り尽くせないことも多い。

ここでは、そういう人たちとの思い出を、詳しく話しておこうと思う。

まずは、2016年7月に82歳で亡くなった大橋巨泉さんだな。晩年の闘病はさぞ辛かったんだろうね。あんなに恰幅(かっぷく)の良かった人なのに、最期は30キロ台にまでやせ細ってしまったというしさ。

巨泉さんにはいろいろ引っかき回されたけど、やっぱりオイラを世に出してくれた恩人のひとりなんで感謝しかないよ。まだオイラが売れてないときに、「コイツは面白い」といち早く認めてくれたのが、立川談志さんとこの人だった。

オイラは『世界まるごとHOWマッチ』や『ギミア・ぶれいく』なんかで巨泉さんと共演してるんだけど、そもそも巨泉さんが『HOWマッチ』をやる条件というのが、オイラと石坂浩二が出ることだったんだよな。巨泉さんは早々にセミリタイアを決め込むつもりだったのに、「たけしとまだまだ番組をやりたい」っていうんで、引退の予定を5年も延ばしたんだ。

巨泉さんやオイラの兄貴（北野大氏）を見ていて思うんだけど、オイラよりちょっと上の世代ってのは本当に「アメリカ」の影響が大きくてさ。戦争に負けて、さらにどの家にもデカい冷蔵庫やマイカーがあるアメリカの信じられない豊かさに圧倒されて、価値観が180度変わった人たちなんだよ。

だから巨泉さんは英語を必死で覚えて、学生時代から「ジャズ評論家」としてアメリカ文化に関わってさ。『11PM』にしても『HOWマッチ』にしても、みんなアメリカに元ネタや原型があって、あの人はそれをうまくニッポンの文化と融合させたんだ。

まさにテレビ界の栄華を作った業界創世記のMVPだし、とにかく一番いい時代を生きた人だよね。あの時代、『HOWマッチ』は視聴率30%台が当たり前のように出ていて、20%台になった時には巨泉さんが、オイラたち出演者とスタッフを呼んで怒鳴ったくらいなんだから。いまバラエティで20%台が出たら提灯行列だよ（笑）。

プライベートでもよく一緒に遊んでたよ。海外にもよく行った。巨泉さんにまつわる笑えるエピソードは山ほどあるぜ。

まずはゴルフだよ。芸能界広しといえど、この人ほどの負けず嫌いはいないからね。そもそもゴルフはすごく上手いんだけど、そのうえ負けは絶対認めないんだよな。

序盤のホールでOBなんか打とうもんなら、「メガネの調子が悪い。ということで、たけし、もう1回最初からやり直しな」とかわけわからないことになっちゃう。あの人伊達メガネだったのにさ。往年の名プロゴルファーの中村寅吉さんと回った時も、同じことやって寅吉さんを怒らせちまったらしいからね。

いつだったか、巨泉さんがタコツボみたいな深いバンカーにハマってなかなか出てこないから、上から覗いたら、手でボールを握ってブン投げてた（笑）。

だから巨泉さんが「たけし、俺はエージシュートをやったぞ」っていっても耳半分。「証人を出せバカヤロー」なんて言ってそんなに信じちゃいないんだよ。

いつだったか、カナダのゴルフ場に一緒に行ったとき、巨泉さんが「たけし、ここの17番のショートはな、巨泉ホールって呼ばれてるんだよ。オレの似顔絵がデカデカ飾ってあって、ホールインワンすると経営してるOKギフトショップから景品が出るんだ。写真撮っとけよ」なんて言うんだよ。

で、カメラを持ってそのホールまで行ったら、デッカイ巨泉さんの顔写真が間抜けな落書きされたり、アイアンでボコボコに殴られたり、もうムチャクチャにイタズラされてるんだよな。腹を抱えて笑ったぜっての。

石坂浩二「マッドクラブ」事件

笑い話はまだまだあるぜ。石坂浩二と一緒にあの人のオーストラリアの別荘に行ったら、巨泉さんが「お前らが食ったことないもの食わせてやる。マッドクラブっていうデカいカニで、ムチャクチャ旨いんだぞ」って言って、近くの海に餌を仕掛けたんだよ。で、オイラと石坂浩二でコッソリ夜中に仕掛けを見に行ったんだよ。そしたら本当に馬鹿デカいマッドクラブが釣れていてさ。

そんで2人で盛り上がって、夜のうちに巨泉さんにナイショで料理して食ったんだよな。そしたら、石坂浩二が翌日腹を壊しちゃって、ゴルフの最中に茂みに駆け込んでウンコしまくってたというね（笑）。オイラはメシの最中に電話が掛かってきたこともあって、あんまり食わなかったんで助かったんだけど、あの日の石坂さんは地獄だよ。午後には上から下までゴルフウェアが新しいのに替わってた（笑）。

海でも色々エピソードがあってさ。「クルーザー座礁事件」は笑ったな〜。

巨泉さんがみんなをクルーザーに乗せて、「行くぞ！」って沖に出ようとしたら、浅瀬過ぎて座礁しちゃったんだよ。で、巨泉さんが「今は干潮なんだ。満潮になるまで待とう」っていうから何時間も船の上で待ったわけ。そしたら潮が満ちるどころかドンドン海水が少なくなって、最後には砂浜になっちゃった。「あ、あれが満潮だったのか」だって。それで「海の男」を気取るんじゃないってオチなんだよな。

「スキューバダイビング事件」ってのもあるよ。巨泉さんが「たけし、オレは深海魚を見てくるぞ」って背中にデカいスキューバダイビング用の酸素ボンベを背負って海に入っていったんだけど、いくら沖に行ってもその背中のボンベがいつまでも海の上に浮いてるんだよ。オーストラリアのものすごい遠浅の海で、どこまで行っても腰ぐらいの深さしかなかったというね。

それなのに巨泉さん、オイラのところまで戻ってきて真顔で「深海魚はスゴかったぞ」なんて言っちゃってさ。またまたゲラゲラ笑ったんだってての。

伊豆の伊東に「巨泉マンション」ってのもあってさ。巨泉さんとオイラ、石坂浩二やらで、共同でマンションを持ってたんだよな。そう、「巨泉さんが『伊東の朝は早い』っていいながらテラスでコーヒー飲んでる。ネスカフェのCMか!」ってオイラが昔サンザン笑い話にしたあのマンションだよ。

巨泉さん、「いいか、たけし。ここはオレたちの仲間だけのマンションだからな。誰にも貸したり売ったりするんじゃねェぞ」って言いながら、あの人がいの一番に手放しちゃったんだよ（笑）。もうオイラたちは目を丸くするしかなかったというオチなんでさ。

まァ、昔話を思い出せば出るわ出るわだけど、やっぱり愛すべき人だよな。

もうオイラを呼び捨てにしてくれる人間も少なくなったんでちょっと寂しいけど、あの人は自分のやりたいように、思いっきり生きた人だからね。きっと後悔はないだろうし、あの世でも楽しくやってるに違いないぜっての。

『戦メリ』の舞台、ラロトンガ島で体験した、デビッド・ボウイの「ティータイム事件」。

デビッド・ボウイも亡くなった。2016年1月の突然の訃報にはビックリしたね。亡くなったのは69歳だったけど、新曲も出したばっかりだったし、まだバリバリの現役って感じだったからさ。がんで苦しんでいたのを、それまで必死で隠していたのかな。

オイラがデビッド・ボウイについて語るとなると、やっぱり大島渚監督の映画『戦場のメリークリスマス』になるよね。

あの映画は83年公開なんだけど、とにかく今じゃ考えられないことばかりでさ。当時、映画とは縁もゆかりもなかったオイラと坂本龍一と、そしてデビッド・ボウイというド素人の3人がそろって主役級のキャストをやっちまった。相当なカネがかかっていたのに平気でとんでもない暴挙をやってのけた、奇跡みたいな映画だったよ。

まァ、この映画に関しちゃ笑える話がいっぱいあってさ。撮影終了後から「グランプリ最有力」といわれたカンヌで受賞できずにズッコケるまで、オイラはことあるごとに『オールナイトニッポン』なんかで、撮影の裏話をしゃべりまくっていたんだよな。

もうバカバカしい話だらけなんだけど、ネタのほとんどは大島監督の話でさ。あの人は現場でとんでもないカミナリを落とすんだけど、どこか間が抜けていて愛嬌があるんで、最後には笑っちゃう。

有名なのが「トカゲ事件」だよな。映画の冒頭に出てくるトカゲが思うような動きをしないんで大島監督がイライラしちゃって、そのトカゲに向かって「おい、お前はどこの事務所だ！」って本気で怒鳴ったという（笑）。このネタなんて、何回しゃべったかわかりゃしねぇぞ。

あとは「よ～いスタート事件」だよ。キャスター付きの椅子に座ってた大島さんが、メガホンで「よ～いスタート！」って叫んだら、自分の声がデカ過ぎてそのまま後ろにドーンと下がっていったというね。「お前はジェット機か！」ってオチなんだよな。

まァ、オイラはそんなくだらない話をラロトンガ島でのロケでも周りに披露していてさ。撮影の合間には、坂本龍一やジョニー大倉相手にバカばっかりやっていたんだよ。だけど、デビッド・ボウイと直接話すってことはそれほど多くなかったな。あの人はやっぱり世界でもトップクラスのスーパースターなんで、周りには外国人のスタッフやらボディガードみたいのが四六時中ついててさ。とても自由に雑談って雰囲気じゃなかったんだよな。

だけど、当のデビッド・ボウイはオイラたちに興味津々でね。オイラが早口でギャンギャンしゃべって笑いをとっているのを覗き込むように見ていたし、ときには言葉がわからないはずなのにゲラゲラ笑ってることもあったね。あの人の音楽もそうだけど、現場で新しいものとか、未知のものを取り入れようとしてたんじゃないかって気がするよ。

それに、誰に対しても壁を作らない人だったね。印象的だったのは、傷痍（しょうい）軍人役のエキストラで島に来ていた外国人の身体障害者たちと、昔からの仲間のように酒盛りをやっていたときの笑顔だよ。もう、偉ぶるところはまったくない。だからこそ時代に左右されないスーパースターだったと思うんだ。

そんなデビッド・ボウイだけど、大島さんもさすがに困ってたのは「ティータイム」だよ。イギリス紳士なんで10時と15時にお茶を飲む休憩をとらなきゃいけないっていうわけ。どんなに撮影がおしていても「ハイ！ ティータイム」となっちゃうんで、もう大変でさ。デビッド・ボウイを怒鳴るわけにもいかないんで、代わりに撮影スタッフに監督のカミナリが落ちてしまうという毎日だったんだよな。

デビッド・ボウイと坂本龍一とオイラを組み合わせた大島監督ってのは、考えれば考えるほど「狂気の人」だぞ。オイラも坂本も自分の演技が下手くそなのはわかってるんで、「フィルムを焼こう」なんて話してたぐらい。それでも結果的には、オイラはこれをきっかけに映画の世界に引きずり込まれちまったんだよな。

『戦メリ』のラストシーンのオイラの顔なんて、世間は「感動した」っていうけど、当時のオイラにとっちゃ「オレがこんな顔するのか」って思うほど意外でイヤな表情だった。そういう、若かったオイラや坂本、デビッド・ボウイが気づいていなかった「自分の本質」みたいなものが、あの人には見えていたのかもしれない。

だから奇跡みたいなアクシデントも起こったんだ。セリアズ少佐役のデビッド・ボウイが、ヨノイ大尉役の坂本龍一に抱きつく有名なシーン、知ってるだろ？ あの時に画面がカッカッカッカッて揺れるんだよ。どう見たって狙ってやったとしか思えないんだけど、実はアレ、カメラの不具合でたまたまフィルムが引っかかっただけだった。映像をチェックしてみんな青くなってたんだけど、映画で一番いいシーンだから、そのまま使うことにしたんだ。大失態がバツグンの演出といわれるようになったんだからすごいよな。

大島監督だけじゃなく、ツキを持ってた人間が多かったからかな。まァ、何度も言うようにカンヌは獲れなかったんだけどさ。オイラなんて、受賞作発表前日に「受賞後に取材したんじゃ間に合わないから」ってスポーツ紙に言われるままVサインで写真を撮られて、翌日の見出しは「たけしぬか喜び」にされちまった（笑）。

オイラが生前の野坂昭如さんと交わしていた、「戦争」と「男の強さ」の話。

デビッド・ボウイが死んで『戦メリ』が再注目されてることもそうだけど、大島監督って死んでもいまだに世間を騒がせてるね。２０１５年に野坂昭如さんが亡くなった時だって、とっくに死んでる大島さんが野坂さんと同じくらいテレビに出てた（笑）。パーティの壇上で主役の大島さんをぶん殴っちゃう野坂さんもムチャクチャだけど、マイクで迎え撃つ大島さんもそれ以上だよ。

野坂さんとの思い出もあるよ。野坂さんはオイラのことを可愛がってくれたからだと思うけど、けっこう飲みの場で議論をふっかけられたんだよな。あの人は『アメリカひじき』『火垂るの墓』みたいな小説を読めばわかるように、徹頭徹尾「反戦」に生きた人なんだけど、そのくせオイラにはこんな風に言うんだよな。
「たけし、お前は普段言いたい放題やりたい放題でも、戦争で他の国が攻めてきたら、真っ先に逃げるタイプだ。実は気が弱いヤツなんだよ」って。

オイラは「自分が気が弱いのは認めるけど、戦争から逃げるヤツが気が弱いって解釈はおかしいよ」って言ってやったの。「日本中が『お国のために戦争に行け』ってなってる時代に、『俺は逃げる、兵隊にならない！』って言えるヤツのほうがよっぽど根性が据わってるじゃないか」って反論したんだ。

野坂さんなら、オイラが言いたかったことを最後はわかってくれたんじゃないかと思うけどね。

しんしんと降る雪を見ると、花束抱えて駅で待ってた高倉健さんを思い出す。

高倉健さんも、２０１４年に亡くなったね（享年83）。オイラの世代の男はみんなそうかもしれないけど、やっぱり憧れの人だった。生前の健さんとのエピソードは、最近のことのように思い出しちまう。

30年近く前の映画『夜叉』（１９８５年公開・降旗康男監督）の撮影から、付き合いが始まったんじゃないかな。健さんは、雪がしんしんと降る中、駅で花束抱えてオイラのロケ地入りを待っててくれたんだ。その立ち姿がとにかくカッコよくて、すごく感激したのを覚えてる。だけど、一方じゃムチャクチャ恐縮したね。当時のオイラなんて、あの人からしてみりゃ単なるチンピラだぜ。今でこそ映画監督をやったりしてるけど、当時は映画人でも何でもない。そんな若造に対してあの大スターがそこまでしてくれるんだから、こっちとしてはもう頭を下げるしかないだろって話でさ。

別にオイラだけが特別扱いされたってわけじゃない。あの人は、本当に周囲の人に気を遣うんだよ。すごかったのは撮影のときの宴会でのエピソードだよな。

いしだあゆみ、田中邦衛、田中裕子なんて錚々たるメンバーに加えて、150人のスタッフが集まる大宴会だったんだけどさ。そこの宿の女将が気を利かせて、健さんのいるテーブルだけに「どうぞ召し上がってください」ってふぐ刺しをひと皿持ってきたんだよ。

そしたら健さんは、女将に頭を下げながら、こういったんだ。

「せっかくなのに申し訳ありませんが、スタッフを差し置いて我々だけいいもの食うわけにはいきません。すみませんが下げていただくか、できることならスタッフにも分けてやっていただけませんか」

それで150人みんなに分けることになったんだけど、そんな人数でふぐ刺しひと皿を分けられるはずがないんでね。だけど、何とか全員に行き渡ったんだ。どんなカラクリを使ったのか不思議だったんだけど、後で伝わってきた話によると、板前はありったけのふぐを使ったうえに、カワハギの刺身を混ぜてしのいだらしい（笑）。いい話だよな。こんな人情ある食品偽装なら大歓迎だよ。

それから26年ぶりに、同じ降旗監督の映画『あなたへ』（2012年公開）で共演した。これが健さんの遺作になっちまったわけだけどさ。

確か、撮影は林家三平と嫁さん（国分佐智子）の結婚披露宴の翌日だったかな。そう、「親が林家三平というだけでその名跡を継ぐだけならまだしも、こんな綺麗な嫁さんまでもらって本当にうらやましい限りです。こんな不平等があっていいんでしょうか。わたくしは今日から共産党に入ります」なんて言いたい放題の毒舌祝辞をオイラが披露した、あの披露宴だよ。

会場はドッカンドッカン大ウケだったんだけど、オイラは映画の撮影があったんで、すぐに祝いの席から失礼して、飛騨高山に向かったんだ。現地までは新幹線とローカル線を乗り継いで向かったんだけど、時間がかかって大変だった。東京じゃ考えられない話だけど、「鹿が線路の上にいます」っていうんで、高山線の電車が止まったりしてさ。目的地に到着したのは確か夜10時を回ってて、もう真っ暗だった。

オイラは駅に着いて、すぐにあたりを見回したんだ。『夜叉』の前例があるからね。「今回も健さんを待たせてたらどうしよう」と心配になったんだよな。

迎えにきたスタッフに「健さんは？」って聞いたら「宿で休んでます」っていうからホッとして、迎えのワンボックス車にそそくさと乗り込んだんだ。

で、車の中に入ると、隅っこに黒い帽子を目深にかぶった男が座っていてね。もう明らかに雰囲気がタダモンじゃないんで、「地元のヤクザかもしれない」ってろくにそっちのほうを見ずに、目を合わさないようにしてたんだよ。また黒い交際とか言われちゃたまんないぞってことでね（笑）。

そしたらその男が「殿、殿！」って声をかけてくるんだよ。そこでやっと「うわ！　健さんだ！」って気づいたんだよな。

そしたら健さんニヤッと笑って、「いやァ、タケちゃんを驚かせようと思って」だって。健さん一流のドッキリだったの。やっぱり今度も感激させられちゃったね。

久しぶりの再会は、そりゃ盛り上がったよ。三平の披露宴でオイラが目立ちまくってたって話を健さんのほうから振ってきて、「タケちゃん、あれじゃ誰の結婚式かわかりゃしないよ」なんて言われちゃってさ。

健さんとそんなやりとりができて、この歳になっても胸がいっぱいになっちまったんだけど、それだけじゃなかった。宿に着けば着いたで、オイラの部屋には健さんからの手紙が置いてあってね。「このたびはご苦労様でした。映画を楽しみにしてます、ありがとう」って書いてあったんだ。そういう人なんだ、健さんは。

それがプレッシャーになったわけじゃないけど、撮影はきつかったな〜。なんせオイラのセリフが長いんだよ。3分以上しゃべるような長ゼリフがあるんだからね。その間、健さんは「うん」とか「はい」とか相づちを打つだけなんだけど、そりゃ緊張するだろって。あの人のオーラは特別でね。オイラなんかいいほうで、若い俳優なんて健さんの前じゃガチガチになってみんな全然しゃべれなかったらしい。

だけど、素人には、そのオーラがわかんないのもいるみたい（笑）。健さんがスタッフを連れて、ロケの合間にラーメンを食いに行ったんだよ。オイラは長ゼリフを覚えなきゃいけないんで、そのお誘いは遠慮したんだけどね。

で、健さんによると、行った先のラーメン屋のオヤジが、高倉健に気がつかなかったんだって。で、「映画撮ってるの？　ビートたけしが来てるらしいけど、どこに行けば会えるんだ？」って、こともあろうに健さんに聞いちまったらしいんだよな。ホント、カンベンしてくれよって。

だけど健さんはそんなこと気にする人じゃないからね。笑い話として、楽しそうにオイラに教えてくれたんだよ。

「タケちゃんのせいで座れない」

オイラは『夜叉』の撮影で健さんに会って感激しちゃった後、ラジオやら『週刊ポスト』の連載やらで、健さんのネタをサンザン話してたね。

「健さんは男の中の男だ。どんなに寒い現場でも、絶対火にあたろうとしない」とか、「健さんは撮影の合間でも絶対に座らずに立ってんだ。他の役者に席を譲るんだ。カッコいいだろ」なんて大絶賛したわけ。

そしたら、健さんが『あなたへ』の撮影で久しぶりに会ったとき、「あれ以来さァ」ってオイラにこう言うんだよ。

「俺、どんなに疲れてても撮影中は座れなくなったし、暖房も使えなくなっちまったんだよ。たまんねェよ、全部タケちゃんのせいだぜ」

ってさ。健さんが亡くなった直後、ニュースでは「オイラのせいで健さんが座れなくなっちゃった話」を盛んにやってただろ。あの話には、こういう「歴史」があったんだよ。

健さんみたいな時代を代表するスターがいなくなってしまうのは寂しいね。

高倉健って存在は、役者の域を超えてたと思うんだ。東映映画のオープニングの波しぶきとか、松竹映画のオープニングの富士山とか、そういうレベルの「映画の象徴」だよ。

あのストイックさは、千日行で徳を積んだ僧侶みたいに見えたね。

「千日行」で思い出したけど、健さんとは、「2人で映画を撮ろうよ」って話したこともあったんだ。

比叡山延暦寺に「千日回峰行」っていう、死んでもおかしくないほど辛い修行がある。

高低差の激しい山道を１０００日歩いたり、飲まず食わずに不眠不休で９日間お経をあげたりする荒行なんだけど、これを2回もやり遂げた酒井雄哉さん（２０１３年没・享年87）っていう大阿闍梨がいてさ。

健さんとも親交があった人だったんで、酒井さんをモデルに映画を作れないかってオイラが話したんだ。健さんの役は元ヤクザで、あるきっかけがあって坊主になって、最終的には千日回峰行に取り組むことになるというストーリーでさ。健さんのキャラクターにピッタリだと思ったんだ。

そしたら、健さんは「タケちゃん、俺はあんな偉い人の役はできないよ。失礼に当たるから」って。「映画の役はほとんど前科者。それなのにこんな賞をいただいちゃって……」という文化勲章受章のときの言葉はカッコいい名ゼリフだったと思うけど、それと通じる謙虚さを感じたな。映画に関することでは、ノリで簡単に「やろう」なんて言わない人だとも思った。芸を敬う気持ちがヒシヒシと伝わってきたね。

菅原文太さんはシリアスもコメディもこなす「二面性の役者」だった。

高倉健さんの訃報にショックを受けたばかりだったニッポン人を襲ったのが、そのすぐ後の菅原文太さんの死だった。オイラは運命論者ではないけど、何かしら2人には共鳴しあうものがあったのかな、とも思っちまう。

健さんとは縁あって仲良くさせてもらったけど、文太さんとはほとんど交流がなかったんだ。空港でちょっとすれ違った程度だね。だけど、あの表情と上背だし、存在感がものすごかったのを覚えている。映画監督をやったり役者をやるようになって、2人のすごみってのをなおさら感じたね。どちらもヤクザ役で名を馳せた人だから、「似た存在」として扱われることが多い気がするけど、実は演じ手としての個性はゼンゼン違うんだよな。

失礼ながらあえて一言でいうと、菅原文太さんは「二面性の役者」で、高倉健さんは「一本柱の役者」じゃないかな。

文太さんは73年から『仁義なき戦い』、75年から『トラック野郎』の両輪で活躍した。「2つの当たり役を同時につかんだ」なんて言われてるけど、そんな生易しいもんじゃない。恐ろしいくらいに難しいことだ。

オイラは『戦場のメリークリスマス』に出演した時、まさにその難しさを感じた。当時は演技経験なんてまるでないし、ヘタだってことは十分自覚してた。だからコッソリ映画館に出かけていって、客としてあの映画を見たんだよ。で、気がついたのは演技の巧拙よりもっと深刻なことだった。映画にオイラが登場しただけで、ドッと笑いが起きたんだ。「タケちゃんマン」やら漫才のイメージが強すぎて、オイラは役者として見られてなかったんだよ。

ショックだった。だからテレビドラマで、大久保清やら凶悪犯を立て続けに演じたんだ。ドラマや映画で「お笑い芸人のたけし」を消し去るまで、ずいぶんと時間がかかったね。

じゃあ、文太さんはどうか。『仁義なき戦い』は東映の実録ヤクザ映画路線の代表シリーズで、深作欣二監督らしいバイオレンスあふれる作品。一方の『トラック野郎』は、ギャグあり下ネタありの爆笑コメディでね。だけど文太さんは、どちらもこなしてしまう。『トラック野郎』を観て、「『仁義なき戦い』の広能昌三がこんなくだらないバカをやったら格が下がる」とは言われないし、逆に『仁義』シリーズを観て、「『トラック野郎』の桃次郎が怖い顔して人殺ししてるぞ」と笑われることもない。

これって神業なんだよ。オイラ自身が大変だったから、あの人の偉大さがわかる。文太さんに「巧い役者」って評価はそんなになかったけど、本当はものすごい「テクニックの人」だったと思う。頭をフル回転して役に取り組んでいたはずだ。

一方の高倉健さんは、ヤクザを演じたって、警察官や鉄道員を演じたって「健さん」だ。ビシッと一本スジの通った、オンリーワンの存在感だよな。野球でいえば、長嶋茂雄さんだね。ファンから求められる「高倉健」を絶対裏切らない。

それだけ2人のスタイルは違うんだけど、共通するのは「オーラの強さ」だよ。「すごみ」とも言い換えられる。おそらく本物のヤクザだって、あの迫力にはビビッたんじゃないかと思うね。任侠映画、実録ヤクザ映画の時代には、「実技指導」で本物の極道が出入りしてたっていうし、その頃に「すごみ」を学んだのかもな。

その当時の役者の上下関係だって、ヤクザ顔負けだからね。オイラが昔、京都の東映太秦撮影所で若山富三郎さんに挨拶に行ったら、「たけし、俺のところに最初に挨拶に来たんだろうな？」ってドスを利かされてさ。「ハイッ！」って直立不動で答えたことを思い出すよ。

高倉健、菅原文太という2人の死は、「スターで映画を観る時代」の終わりなのかもしれない。今や俳優だって女優だって「使い捨て」の時代だ。「ＹｏｕＴｕｂｅ」全盛の世の中は、気軽で閲覧数が多いものが幅を利かせて、ブームを過ぎればさっと忘れられちゃう。どんどんそんな時代になってきている。

もう本物の「銀幕スター」は出てこないのかもしれない。だからこそ、そんな映画の時代を生きた健さんや文太さんって、本当に最高だったと思うんだ。

原節子さんから贈られた「数珠」にまつわる不思議な話。

「伝説の女優」といわれた原節子さんも95歳で亡くなった。若い頃は小津安二郎監督の『東京物語』やら名作に出まくっていた人だけど、40代で女優業をスッパリやめてからは、まったく表舞台に姿を見せなかったんだよな。

鎌倉に住んでいたらしいけど、最近じゃその姿を見た人もほとんどいなかったっていうからさ。まさに伝説の女優だよ。

小津さんの作品を見ると「あの監督はキャスティングが上手かったんだな」ってしみじみ思うね。原節子さんなんて当時じゃ浮いちゃうくらいの「西洋顔」だけど、見事にあの作風にマッチしてる。

笠智衆（りゅうちしゅう）さんにしたって、どんな役でもまったく演技が変わらないから一見「大根」に見えるんだけど、小津さんの作品の中ではしっくりくる。あのなんともいえない木訥さは、きっと小津さんに鍛えられてそうなったんだよ。

いろんなところで聞いたり、読んだりした話だけど、小津さんは役者が「こういう演技がしたい」と力んで演技プランを作ってくると、2日でも3日でもカメラを回さなかったらしい。「もうどうにでもなれ」って思わせるところまで役者を追い込んでから、ようやく撮り始めるんだってさ。

これはオイラの想像だけど、小津さんは原節子さんにはそこまで演技指導をやってない気がするね。天然の魅力というか、そのままの良さを引き出したって感じじゃないかな。やっぱり小津さんには、そういう人を見るセンスがあるんだよ。

オイラは原節子さんに会ったことはないんだけど、ひとつ忘れられない縁があるんだよな。実は、オイラがバイク事故でグチャグチャになってるときに、「神奈川県鎌倉市　原節子」とだけ書かれて、贈り物が届いたんだよ。

その贈り物というのが、手首にはめるブレスレット型の数珠でさ。今考えりゃ、誰かのイタズラだと決めつけてもおかしくないんだけど、当時のオイラはなぜか素直にその数珠をずっと付けてたんだ。

そしたらだいぶ傷が癒えてきたころ、プチンと糸が切れて、数珠があたりに散らばったんだよ。「あ、これはそろそろ治るんだな」って思ったね。理系頭のオイラはそういう願掛けみたいなものはあんまり好きじゃないんだけど、「原さんのおかげだな」って妙に納得したんだよな。

で、後になってお礼状を書こうとしたんだけど、詳しい住所がわからないから送ることもできない。いろんな人に調べてもらったんだけどダメで、結局そのままになっちまった。本当に、原節子さんには一度会ってお礼がしたかったと思っているんだ。

原節子さんの引き際ってのは、本当にすごいと思うよ。正直にいえば、オイラは芸事に関しちゃ「年齢を重ねてからの味のある姿が見たい」と考えるほうだから、原節子さんがかった。

女優を早々に引退しちゃったのは惜しいと思う。女優として迎える晩年ってのも見てみたかった。

たとえば若くして亡くなった古今亭志ん朝さんが、オヤジさんの志ん生さんみたいに歳をとって落語をやる姿はどんなだっただろう、きっと素晴らしかったんじゃないかと考えるしさ。だけど一方で、原節子さんみたいに、自分の天職をスパッと手放すことはなかなかできないもんだよ。

最近のテレビ見たってそうだろ。誰とは言わないけど、昔の人気女優が久しぶりに出てくると、さえないテレビショッピングで「え〜、そんなに安いんですか！」って大げさに驚いてるのが関の山だよ。「お前、本当にそんな安物のネックレスやらカバン使ったことあるのかよ」ってツッコミたくなっちまうよな。

そういえば、オイラが入院してた時には、原節子さん以外にもいろんな人からお見舞いをもらったんだよな。矢沢永吉さん、森光子さん、高峰秀子さん、白洲正子さんとかね。いろんな人によくしてもらったんだけど、腹が立ったのは松鶴家千とせさんだよ。顔面骨折してろくに口も動かせないオイラのところに、固焼きの塩せんべい送ってきた（笑）。食えるかってての。もう心配してんのか、ケンカ売ってるのかわからない。

いや、もっと腹が立つのはビートきよしさんだな。テレビでインタビューに答えて、「もう一回原点に戻って、オレとまた漫才始めよう」って（笑）。なんでバイクで事故ったからって、またあんたの面倒を見なきゃならないんだよってての！　よく言うよバカヤロー、ジャン、ジャン、ジャン！

おまけ　その2

これが伝説の林家三平結婚式「爆笑祝辞」だ！

第3章の高倉健とのエピソードでも触れられた、林家三平・国分佐智子の結婚式でたけしが読み上げた爆笑祝辞。披露したのは2011年10月2日のこと。もう5年以上も前なのに、まったく古びることのない危険すぎるその内容を紹介する。これもワイドショー・新聞は過激すぎて全文公開できなかった！

毒ある素晴らしいジョークの数々にほれぼれするが、もし下手にマネしようとすれば、手ひどいしっぺ返しを食らうのでご注意を。これはたけしだからこそできる「至上の芸」なのである。

三平さん佐智子さん。このたびはご結婚おめでとうございます。

わたくしも、今日のこのおめでたい席に出席するにあたり、数々のヤクザの営業、イベント、または黒い交際などをしっかりと断ってやってきた次第でございます。

あなたは海老名泰一郎、香葉子の次男として、姉・海老名美どり、泰葉、兄・泰孝、沢山の水子、これらの後に堕ろされもせず、よくぞこの世に生を受けました。

親が林家三平というだけで、その名跡を継ぐだけならまだしもこんな綺麗な嫁さんまでもらって本当にうらやましい限りです。

こんな不平等があっていいんでしょうか。わたくしは今日から共産党に入ります。

さぞお母さんも草葉の陰から喜んでいることでしょう。

よくお兄さんの正蔵さんとは親が違うと言いますが、私もそう思います。

ところで三平師匠の腹違いの兄弟たちはみんな元気なのでしょうか？　ひとめ会わせてあげたいと、強く願うのはわたくしだけでしょうか。

三平さんの襲名披露の時はお母さんの香葉子さんに「50万あげるから来てくれ」と言われ、とっぱらいで50万円いただいたわたくしですが、今日は結婚披露宴ということで、わたくしが持ってきた祝儀を差し引いても、75万円は残るという計算を立てております。

なんでも、三平さんと佐智子さんの出会いは、あのTBSの長寿番組『水戸黄門』での共演がきっかけと聞きます。

共演者の佐智子さんに手をつけたあたりはさすがちゃっかり八兵衛と思わせましたが、その結果、あの長寿番組の『水戸黄門』を見事に終わらせてしまうという。うっかりも甚だしい現実を見過ごすわけにはいきません。

挙げ句の果てには、由美かおるがもう一回裸になって風呂に入ると言い出す始末です。

そしてTBSの何が悲しいかと申しますと、再放送のほうが実際の放送より視聴率が高いということです。この現実をあなたはどう受け止めているのでしょうか。

話は変わりますが、かつて、お兄さんの正蔵さんが襲名披露でいただいたご祝儀を地下室に隠し、脱税したという悲しい過去があります。

あなたは、このたびの披露宴でいただく莫大なご祝儀を決して隠すことなく、姉・泰葉さんの頭の治療代、および、姉・美どりさんが出版したミステリー小説『ビッグアップル殺人事件』の膨大な在庫の買い取り代にあてていただくことを切に願う次第です。

それから前々から噂されている暴力団との黒い交際も、今日の日を最後にきっぱりと手を切ることをお勧めします。

結びに、芸能界のおしどり夫婦として有名なわたくしから花嫁の佐智子さんに、女房として守らなければならない三つの袋の話を贈ります。

まず一つめは池袋。これは都内どこに行くにも便利です。

それがダメなら沼袋。これは新宿に出るのにやや近い。

そして三つめは玉袋。玉がダメになったら子供ができません。

もしダメな場合はわたくしに相談してください。うちの近所にいい医者がいます。ちょっと入り組んだ路地の奥にあります。

これを我々は袋小路と呼んでおります。

以上をもちましてお祝いの言葉と代えさせていただきます。

第十五代落語協会永世名人
林家ライス
並びに　カレー子

第4章
「お笑いBIG3」と「老人論」

「ビッグ3」を若手が越えられない理由はただひとつ。オイラたちの寝首を掻こうとするヤツがいないからだ。

最近、後輩の芸人たちに「お笑いビッグ3はいつまでも元気ですね」って言われることが多いんだよな。「タモリさんもたけしさんもさんまさんもまだまだ元気だから、後輩の芸人がなかなか取って代わることができない」みたいな文脈でね。

まァ、確かに昔「お笑いビッグ3」と呼ばれたオイラたちは、いまだにそれぞれ好き勝手やって、それなりにテレビ業界のニーズってのもあるようなんだよね。

そういえば、こないだタモリに会ったんだ。確か、フジテレビで収録があったときに楽屋にフラッと来てくれたんだ。なんだかイメージよりすごく小さくなっちゃっててさ。一瞬、どこの老マッサージ師かと思ったよ。あの人もオイラより年上だから、70歳をとっくに超えてるわけでね。やっぱりオイラたちもジジイになったんだよな。

　こないだまでは「引退するなら抜け駆けしないでね」なんて言ってたのに、あの人はこの頃妙に元気だよな。『笑っていいとも！』が終わってからのほうがイキイキしてるんじゃないかってさ。

　ちょっと前までやって人気だった『ヨルタモリ』（フジテレビ系）とか、すでにNHKの看板になっている『ブラタモリ』なんてのは、あの人のやりたいことを全部やってる気がするね。「遊び」の部分というか、歳を取った余裕がすごくいい方向に出てる。どうしても若手の芸人ってのはギラギラしちゃって、「這い上がってやる」って必死さが出ちゃう。それってテレビという特殊な場では、すごく邪魔になってしまうこともある。オイラたちなんて、もう先が見えちゃってるから、あきらめというか余裕みたいなものが逆に「笑い」に変わることもあるんだよ。

　まァ、オイラたちがいまだに重宝されるのは「とらやの羊羹」や「伊勢丹や三越の紙袋」と同じ理屈だよ。手土産を渡すほうももらうほうも「老舗ブランド」のほうが安心ということでね。もう「名前」で事前に判断されちゃって、受け手のほうにも「笑う準備」

ができてるんだよな。

だけど、オイラたちの次の世代ってのも、いつの間にかそれなりの歳になってるんだよな。とんねるずもダウンタウンも、爆笑問題、今田耕司だって50代だし、ちょっと若いナインティナインの岡村（隆史）やくりぃむしちゅーの上田（晋也）あたりだって40代半ばだろ？　軍団のガダルカナル・タカなんて、もう還暦じゃないか。

だけどこの世代ってのは意外と礼儀正しくて、「ビッグ3の寝首を掻いてやろう」なんて考えはあまりなさそうなんだよな。ありがたいことではあるんだけど、あの辺の世代が難しいのは、みんなビッグ3あたりがやってきたスタイルの踏襲だったり亜流だったりすることなんだよ。

だから、オイラやさんまが伊勢丹や三越だとしたら、それじゃどう上手くやっても「一流半の新興デパート」になってしまう。かといって「ユニクロやH&Mのファストファッションでいこう」としても、消費されてしまうだけだからね。実力がなければ「一発屋」で終わってしまうんだよな。「ラッスンゴレライ」なんていって踊るだけの芸が、10年20年もつなんてバカげた話はありえないんだよ。

だから、ビッグ3に取って代わろうとするなら全く新しいやり方を考えなきゃいけない。でも、いまのテレビ業界じゃそんなチャンスはなかなか与えられないからね。

タモリは「白米のようなタレント」

まァ、オイラやタモリなんかは、プロ野球でいえば「V9世代」みたいなもんだよ。もしかしたら、今の若いプロ野球選手は技術でいけば長嶋さんや王さんより上をいっているかもしれないのに、人気じゃ絶対にかなわない。そもそも視聴率なんかに表れる「需要」が今とは段違いだし、同じことをやっても黎明期のほうがインパクトがある。テレビ自体が飽きられはじめてるんだから、「テレビっ子」として育ってきた世代にとっては厳しい時代なんだよ。もしオイラたち「テレビ黄金世代」に代わる芸が出てくるとしたら、インターネットからかもしれないね。

だけど、今のネットを見ても、ほとんどが「昔のコンテンツの録画」とか「ハプニング映像」ばかりじゃない。今のところ「これだ！」っていうものは、オイラの知る限りは見当たらない。

そうやって考えていくと、立ち返るべきは「古典」なんじゃないかって気がオイラはしてるんだよ。だから落語を何度も何度も聞き直しているし、立川談春さんに「立川梅春」って名前をもらって、たまに高座に上がらせてもらってるんだ。

やっぱり落語で「すごい」と思うのは、同じネタをやっても「演者によってこれだけ違うのか」って痛感させられることなんだよね。やっぱり（古今亭）志ん生なんてのは、別格だよ。志ん生を聞いた後に、若手がやってる同じネタなんて聞いてられないもんな。

やっぱり最終的には「芸」ってのは「人柄」だったり「味」みたいなものがモノをいうんだ。で、そういうのは絶対に人前での「ライブ」じゃないと磨かれない。だからこの歳になっても、できるだけ拙い落語を人前でやってやろうって思ってるんだよな。

そういう意味じゃ、タモリが『いいとも！』を32年も続けたってのはとんでもないことだよね。そんなに長く、同じことをやれるのはタモリか、ケンタッキーフライドチキンのカーネル・サンダース人形しかいないね。別に、あのカーネルおじさん人形がフライドチキンを揚げてるわけでもないのに、あのマスコットを見ると「食ってみようか」って思うのと一緒で、『笑っていいとも！』も、昼にテレビをつけたらタモリが映ってるっていうブランドが大きかったんだよな。

オイラは『いいとも！』の最後の日の放送でテレフォンショッキングに呼ばれて、タモリあての表彰状を読み上げた。もうブラックジョークだらけの内容で、その中で「何もやらず、間抜けな芸人に進行を任せてきた」って毒吐いたんだけど、実はそれってすごいことなんだ。そういうブランドを作るまでがムチャクチャ大変なことなんでね。

そのテレフォンショッキングでも話したけど、オイラは『笑っていいとも！』と同じ平日正午の枠で、その前に『笑ってる場合ですよ！』という番組をやってるんだよ。で、実は最初はオイラのところにその後番組の話が来たんだよ。

だけどその頃のオイラは、週に1回のレギュラー番組でも勝手にサボったりしてる危なっかしいヤツだったんでね。月〜金の昼帯なんて、ハナから無理だって話でさ。もしオイラが引き受けていたら、恐らくすぐに何かしら問題を起こして番組潰しちゃってただろうよ。やっぱりタモリの天職だったってことだよな。

最近じゃ、いろんな人がタモリのことを論じているようだけど、一言で言えば、この人っていうのは「白米のようなタレント」なんだよな。オカズが毎日どんなものに変わっても、結局は欲しくなる「変わらなさ」を持ってるってことでさ。

『いいとも！』には、芸人にしても、アイドルにしても、その時々の「旬」と言われるヤツラがそろうわけだけど、それは言ってしまえば「日替わりメニュー」のオカズでね。目新しくて一時は注目されるけど、毎日食ってると飽きちまう。

激辛の辛子明太子やスパイスタップリのエスニック料理も、たまにならいいけど毎日食おうとは思わない。いくら高級品だからって毎日キャビアやフォアグラを食ってちゃそのうちウンザリしちまう。「いいとも青年隊」なんて、本当の産地がどこかもわからない安いインスタント食品だよ（笑）。まァ、結局オカズってのはいつか飽きられちまうんだよな。

タモリは、『いいとも！』ではとにかくライスに徹したね。オイラだと「たまには何か変わったことをやってやろうか」となるところを、とにかく淡々とやってた気がする。

とはいえ、今や「炭水化物ダイエット」が当たり前になっちゃった時代だからね。飽きのこない白米タレントとはいえ、「別に必要ない」って言われちゃいかねない世知辛い世の中なんでさ。『いいとも！』が必要とされなくなったっていうのも、そういう時代の変わり目ってことかもしれないよな。

浅草が育てたオイラと、文化人が育てたタモリ

だけどタモリってのは、元々は「オカズ」的なタレントでね。あの人が世に出た頃の「4か国語麻雀」とか寺山修司の物真似とか、『今夜は最高！』でやってたこととか、まさに異色の雰囲気でさ。

オイラは「エセインテリ」なんて言っちゃうけど、そういう独特の芸に、当時の文化人と呼ばれる人たちが目を付けて、中央に引っ張り出してきたのがタモリなんだよな。タモリが出てきた時期ってのは、まさに演劇や音楽、文筆業とか、そういうジャンルの人たちが自分がこれまで関わってこなかった「笑い」というジャンルに、一気に手を出し始めた時期でさ。

だから、タモリはオイラのような浅草の芸人とはゼンゼン違うところから出てきたタレントなんだよ。オイラも、タモリと同じように高信太郎さん（漫画家・評論家）に世話に

なって、あの人が高田馬場でやった「マラソン漫才」てのに出て、いろんな文化人に褒められたこともあった。でもやっぱり、オイラの場合は基本は浅草なんだよ。

しかしオイラも『笑っていいとも！』じゃ、色々やらかしてきたよな。表彰状の中で言ってた「田中康夫首絞め事件」も本当だし、もうひとつ「テレフォンショッキング私物化事件」ってのもあった。オイラがダンカン、ダンカンが（ガダルカナル）タカ、タカがつまみ枝豆って、ずっと「友達の輪」をたけし軍団でぐるぐる回してたら、さすがに番組にバレちゃってさ。「いい加減にしてください！」だって。「バカヤロー、これが本当の友達の輪だ」って言い返したけどダメだった（笑）。オイラなんてこうやってすぐ怒られちゃうのに、その点ひとつのことを32年ずっと続けるタモリは本当に偉いぜってね。

オイラだって、『スーパージョッキー』は毎週生でやってたんだぞ。でも熱湯コマーシャルとかエロバカ満載で、日テレの氏家齊一郎さんが民放連の会長だったからか、「お下劣過ぎる」って打ち切りになっちゃった（笑）。オイラはどうしても、世間から叩かれるようなことやりたくなっちゃうんで、最後の最後で「白米芸人」になれないんだってての。

ジジイが「やりたい放題」で嫌われる社会こそ、理想の高齢化社会だ。

　こないだ『龍三と七人の子分たち』って映画を作った。『アウトレイジ』シリーズとは違って、久しぶりのコメディだった。

　主役は「老人」でね。引退した元ヤクザのジジイたちが、オレオレ詐欺やら悪徳訪問販売でやりたい放題のガキ相手に大暴れするんだよ。主人公の龍三（藤竜也）は70歳で、昔は「鬼の龍三」って呼ばれて恐れられていた武闘派ヤクザだったんだけど、今や家族からも相手にされず、家にも社会にも居場所がないっていう情けない余生を送っていてさ。ところがある日、詐欺をやってる悪ガキどもとトラブルになって、昔のヤクザ仲間を集めて大騒動を起こすってストーリーなんだよな。

オイラは「映画のテーマ」なんてもんを語るのは好きじゃないんだよ。だけど、この映画が一種の「老人論」であることは間違いないよね。老い先短くてカネもないジジイってのは、オイラの映画の中でもそうだったように、社会的には一方的に弱者と決めつけられちまうわけだけど、逆に考えれば、これほど怖いものなしの存在はない。守るものなんて何もないんだからね。

世間の中高年も、龍三みたいに「大暴れ」とまではいかなくても、「俺たちには明日なんかいらない！」って開き直りゃ、残りの人生がゼンゼン違った色に見えてくるんじゃないか。

中高年が生きにくい理由は、体の無理が利かなくなったとか、自由になるカネが少なくなったとか色々あるんだろうけど、実は精神的な問題のほうが大きいんじゃないかと思うんだよな。

今の中高年は総じてマジメだから、みんな「年相応に家族や世間から尊敬される存在でなければならない」って考えてる気がする。歳を取れば当然のことかもしれないけど、その意識が自分たちの首を絞めてしまってるんじゃないかな。

「尊敬されたい」って考えには、大きな落とし穴があってさ。「尊敬できる老人」かどうかを評価するのは、自分たちよりも若い世代なんだよな。だから、社会的に尊敬できる老人、模範的な老人であろうとすることは結局のところ「若い世代に気に入られるかどうか」になってしまう。そうなると、何をしようにも「大人気ない」「いい歳してみっともない」って話になっちまう。この先何十年も生きられるわけじゃないのに、そんな窮屈な思いをする必要はないだろってさ。それは若い世代への「媚び」になりかねないんだよ。

だからすべての中高年に言いたいんだけど、家の中でも、職場でも、近所のコミュニティでも「いいジジイになろう」なんて考える必要はない。自分の思うように生きて、その結果として若者にとっちゃ目障りで迷惑な存在になって、「お前なんて早く死んじまえ」と思われるぐらいのほうがよっぽど健全だろってね。理想は葬式で「よくぞ死んでくれた」って拍手喝采が起きることだな。それこそ「思いっきり生きた最高の老後」なんじゃないか。

これは老人だけでなく、若いヤツラにだって言えることだよ。老人に「おじいちゃん、大丈夫?」なんて優しい言葉をかけてやる必要はない。「なんだ、このジジイ!」でいいんだよ。

オイラに言わせりゃ、中高年と若者の利害なんて常に相反するもので、世代が違うヤツ同士は戦っているのが当たり前。「理解し合いましょう」とか「手と手を取り合いましょう」なんてキレイゴトばかり言うから、世の中がおかしなことになっちまうんだよ。

こんな話をすると、「若い頃にジジイ・ババアいじめのネタでさんざん老人をからかってたビートたけしが自己弁護してるだけじゃねェか」って笑われちまうのかもしれない。でも、オイラはそのほうが「お年寄りを大切にしよう」みたいなうさん臭い建前ばかりの今の世の中よりよっぽどマシだと思うんだ。

常々言ってるんだけど、「未来の子供たちのために」とか「子孫にツケを残すな」なんてキレイゴトを並べるヤツは、とにかく疑ってかかったほうがいい。そういうセリフを吐くヤツには「それじゃあ、お前は自分のひいひいじいさんの顔や名前を知ってるのか」って聞いてみたくなる。オイラなんて自分のじいさんの顔すら知らない。自分たちが先祖のことなんて微塵も考えたこともないのに、自分たちが後の世代のことを親身に考えるなんて、まったくリアリティがないだろってね。

気になってるのは自分の生きてる間の生活だけなのに、いかにもひ孫やらに気を遣っているような大ウソをつくんじゃねェって思っちまうんだよな。

こないだの選挙でも「国際社会を〜」とか「未来の子供たちに〜」なんて叫んでるヤツがたくさんいたけど、そんな大仰なことを言うヤツはだいたいごまかしだらけと相場は決まってる。10年くらい前、「年金は100年安心」ってカカシみたいな顔した当時の大臣が言っていたけど、100年どころか数年でボロボロになっちゃったじゃないかってさ。

「シルバーシート」が奪ったもの

だから、カネや財産だって子供に残さずに全部使い切っちゃったほうがいい。その代わり若い世代にはまったく頼らないし、世話にならない。少々やせ我慢だって、そのほうが堂々と生きられるよ。若いヤツラだって親世代からの援助が期待できないとなりゃ、もっと自立するんじゃないか。

まァ、介護の問題とかを考えると「実際にはそんなに1人で強くは生きられない」って意見もありそうだけど、必要以上に子供に媚びたり手厚い援助をしても、キチンと面倒をみてくれるとは限らないんでね。やっぱり「不良老人」のほうが楽しいよ。

そもそも「お年寄りを大切に」なんて世間のウソくさい建前に乗っかるのが腹立たしいんでね。

オイラがガキの頃は、普段は「ジジイ・ババア」と罵っていても、みんなが年寄りとの付き合い方を心得ていて、若者は黙って席を譲るのが当たり前だったんだよ。言葉は下品でも「行儀」はいい。そんな時代だった気がする。

ところが今じゃそういう感覚は過去のものだ。年寄りが目の前に立っていても、「ここはシルバーシートでも優先席でもないんだから」と譲る気すらないヤツが少なくない。シルバーシートであろうがなかろうが、年寄りが前に立ったら若いのは席を譲るに決まってるだろうとオイラは思う。だけど現実は、社会が「お年寄り」だの「シルバーシート」だの歯の浮くような言葉で老人を社会の片隅に追いやってるんだよな。その本質に気がつかなきゃいけない。

世の中がここまで来ちまうと、老人は若いヤツラの親切を期待するんじゃなく「親切なんて受けてやるもんか」と思ってたほうがいいね。電車やバスで席を譲られたって「オレを年寄り扱いする気か！」「お前なんかよりよっぽど足腰は強い」って断った上に説教しちゃうというね（笑）。たとえヒンシュクを買ったとしても、そんなジジイのほうが味があるんじゃないか。

ただし「不良老人」が気をつけなきゃいけないのがオネエチャンの問題だな。やっぱり男の理想は森繁久彌さんだよ。ボケたフリしてドサクサ紛れに若いオネエチャンの尻やオッパイを触っちゃう。ぜひあの境地を目指したいね。

だけど完全に度を越しちまうジジイもいる。ちょっと前、横浜市の中学校の元校長が、児童買春・児童ポルノ禁止法違反容疑で逮捕されたってトホホなニュースがあった。報道によれば、フィリピンで26年間にのべ1万2600人以上を買春したらしい。で、その相手の裸の写真を410冊のアルバムにコメントつきでまとめてたとか。さすがのオイラも開いた口がふさがらないよ。

もしこの校長が絶倫になる秘薬でも売り出したら、バカ売れするぞ。その名も「絶校長」というさ。安倍政権の目玉人事として、少子化担当相をやってもらうのもいいな。

　そんな怒られそうな冗談はさておき、ここまで色欲がエスカレートしちゃう老人ってのは、やっぱり「青春時代にマジメすぎて悶々としていた」からじゃないかと思う。若い頃にオネエチャンと無茶しまくってたオイラみたいな人間は、さすがにジジイになると性欲も枯れて余裕が出てくるけど、女に免疫がないまま中年になって初めてカネをもって「デビュー」しちゃうとろくなことがない。老人の色欲ってのは「余裕」を知らないととんでもないことになっちまうんだよ。その点だけは気をつけたほうがよさそうだよな。

　まァ、「不良老人」を目指すってことは、一種のやせ我慢なんだよ。やせ我慢でもしない限り、世の中に迎合せずに生きるのは難しいんだよな。だけどオイラは若い世代に媚びるより、バカにされてでも自分の好きなように生きるほうがいいと思うんだっての！　ジャン、ジャン、ジャン！

おまけ　その3

放送コード無視！「タモリへの表彰状」全文公開

２０１４年、『笑っていいとも！』最終回で披露されたタモリへの表彰状。本来、とても『テレビじゃ言えない』はずの内容だらけである。テレビの生放送でこれを〝発表〟できるのはこの男しかいないだろう。ビートたけしのテレビでの挑戦の記録として紹介したい。

表彰状　タモリ殿

長らく『笑っていいとも！』の司会を務めてきたタモリさんに私から表彰状を贈りたいと思います。ちなみにこの表彰状は全てゴーストライターが書いたもので、私とは一切関係がないことをご了承ください。

本日は32年間続いた国民的長寿番組『笑っていいとも！』の最終回という晴れの日に、社会的人気映画監督であり、高額納税者人気タレントでもあり、さらに総理大臣にしたい男5年連続ナンバーワン、上司にしたい男3年連続ナンバーワンという人気と実力を兼ね備えた超一流タレントである私を呼んでいただき、誠にありがとうございます。

私と『笑っていいとも！』の思い出といえば1983年2月、理屈ばっかり言っていた田中康夫が気に食わず、生放送中に乱入し、首を絞め上げたこと。その結果翌日のスポーツ新聞には「たけし心身症」と書かれてしまったことは、今となってはいい思い出です。「いいとも青年隊」も忘れるわけにはいきません。

かつて女を騙し金をせしめ、そして詐欺恐喝で訴えられたH賀研二さん。パチンコでマンションを買ったと威張っていたK保田篤さん。いまだ『世界ふしぎ発見！』でしか姿を見ることのないN村真さん。さらには『いいとも青年隊』卒業後ホームレスになってしまったK田健作さん。そしてまったく売れなかった萩本欽一さんのところのあさりど、などなど数々の一流タレントを輩出してきたことを忘れてはいけません。

そして何といってもこの番組の名物コーナーであるテレフォンショッキング。友達を紹介するという名のもとに、いきなり電話をして出演をお願いするという斬新な企画でありました。しかしながら女優の矢田亜希子さんが大竹しのぶさんを友達として紹介した時、思わず「はじめまして」と言ってしまった。これを聞いた時、私はショックのあまり耳が聞こえなくなりました。得意の作曲活動を諦めなければいけない事態に陥ってしまいました。改めて芸能界というのはヤラセの世界だなぁと痛感した次第でございます。

そして『笑っていいとも！』を語る上で32年の間、初めて新宿に来た番組観覧の田舎者を相手に何もやらず、間抜けな芸人に進行を任せてきたタモリさんに触れないわけにはいきません。

かつてあなたはヘルスの呼び込み、オレオレ詐欺の出し子、パチンコ屋のサクラ、フィリピン人との偽装結婚の斡旋などを経て芸能界に入り、イグアナの形態模写、4か国語麻雀、意味不明なハナモゲラなどの卓越した芸で一部のエセインテリの集団から熱狂的な支持をうけ、あれよあれよという間に国民的人気番組の司会者にまで登りつめました。

しかしそんな『笑っていいとも！』も今日で終わってしまうのかと思うと、私としては残念でなりません。ただ明日からは〇倉智昭さんの『かぶっていいとも！』という番組が始まると知った時、思わず、私はその時聞こえなかった耳が回復し、今では歪んで聞こえるまでになりました。

最近では新垣さんとの一度壊れた友情も復活し、いまでは2人で元気に作曲活動に勤しんでいます。ですからタモリさんも何の心配もすることなく、二流とも三流ともつかない芸人しか出ないといわれている『タモリ倶楽部』に全精力を注いで頑張っていただきたい。

２０１４年3月31日
『A女E女』復活を望む会
会長　イジリー北野

番外編

18禁! ビートたけしの妄想AVネーミング大賞

『テレビじゃ言えない』の最後を飾るにふさわしい「おバカ企画」が登場だ。小学館新書の前著『ヒンシュクの達人』に掲載された「AVネーミング大賞」は、もともと想像力豊かなAV業界から続々生まれてくる「面白タイトル」を論評する企画のはずだった。

しかし、新作がイマイチ不作となってきたため、ビートたけし審査委員長自らが流行語・話題のトピックから「爆笑タイトル」を考案する「妄想AVネーミング大賞」へとリニューアル! さて、どんな爆笑作品が飛び出すか。

——たけしカントク、激動の2016年の最後に特大ニュースが飛び込んで参りました!

人気俳優・成宮寛貴が『FRIDAY』にコカイン吸引疑惑を報じられ、その後急転直下の「芸能界引退」となりました。東南アジアあたりに〝高飛び〟しているとの説も……。たけし（以下、「」内すべてたけし）「クスリについちゃ、事実無根と完全否定してるんだろ。オイラみたいに『FRIDAY』編集部に殴り込んじゃダメだけど、あくまで法を犯してないっていうんなら、別に役者辞める必要ないじゃない。ヘンに辞めたり逃げたりするから勘ぐられるわけでさ。

引退の理由は、自分のセクシャリティをバラされて耐えられないからだって？　まァ、そもそも芸能人・有名人ってのは『晒し者』になることでカネをもらってる部分もあるんだから、そこはある程度我慢するしかないよ。大谷翔平クンなんて、毎日のように『二刀流』って言われても、くじけず頑張ってるじゃない」

――『二刀流』はそっちの意味じゃありません！　怒られますよ！

「こないだ、特番の収録で初めて大谷クンに会ったんだ。ストレッチを目の前でやってもらったら、体が軟体動物みたいに柔らかくてさ。あれは〝良い仕事〟するはずだよ」

――全部下ネタに聞こえちゃうじゃないですか！　ということで、「AVネーミング大

賞」開幕です！

「自分で言いたかないけど、オイラはフランスでレジオン・ドヌールって勲章もらったりしてる『世界のキタノ』だよ。そんなオイラをこんな下品な企画に引っぱり出すのは『週刊ポスト』ぐらいだぜっての」

――いつもそう言いながら、楽しそうにネタ考えてるくせに。

「ま、今年は流行語もスキャンダルもいっぱいあったからね。きっとＡＶ業界はこぞって便乗作品を作ってるだろ？」

――ところがですね、われわれ選考委員会が調査したところ、新規ノミネートはわずか3作しかありませんでした。なので今回はＡＶ業界に奮起を促すために、こちらで勝手におバカなＡＶタイトルを考えてしまいましょう！　いわば「妄想ＡＶネーミング大賞」です。

「じゃあ、いっちょやってやろうか。ここで出てきたタイトルはパクりたい放題、いくらでも使ってもらってＯＫだからさ。一応聞いとくけど、実在する3作品って一体どんなの？」

――はい、まず大ヒット映画から2作。『シン・ゴジラ』をもじった『チン・コジラさず

中に入れて』。そして新海誠監督の大ヒット作をパロったゲイ作品『君の穴は。』です。

「くだらねェな～。だけど、ゴロが悪いだろゴロが。それなら『**チン・ゴジラ対マン・ゴジラ**』のほうがいい。怪獣のような男女が迫力のセックスを繰り広げるスペクタクル巨編でさ。チン・ゴジラの尻尾のように長いペニスに、マン・ゴジラはきっとのたうち回るぜ。そうだな、『君の名は。』は音を変えずに『**君の縄。**』でいこう！　ＳＭにハマっていく男女を描く衝撃作だよ」

――タイトルで内容が想像できますね。実在のもう1作は、日本テレビの日曜の大ヒットバラエティから。『世界の果てまでイッて！ドP（ピュー）！』です。

「うん、意外と悪くないじゃないの。きっと健康的で明るい作品なんだろうな」

――副題は「世界一の素人美女探しの旅」だそう。

「何だよ、珍獣ハンターのイモトさんが獣姦でもするのかと思った」

――そんなAV売れるわけないでしょ！

「で、これで終わりか。寂しいな。映画やテレビ番組なら、もっと考えられるだろ。最近、司会交代したご長寿番組『**昇天**』とかさ。〝山田く～ん、ゴム１枚持ってきて～〟なんてね。スタジオジブリの映画ネタはないの？　『思い出のマーラー』とか『カリ黒しのアリエッティ』とか、最近も色々出てたじゃない」

——『**笑点**』に『**思い出のマーニー**』『**借りぐらしのアリエッティ**』です！

「昔から、ジブリ作品ってのはエロと相性がいいんだよ。『マゾの宅急便』『しものけ姫』なんてのはAV史に残る傑作だよ。オイラも『**股の下のポニョ**』ってギャグでサンザン使わせてもらったね。流行ったアニメのオマージュで、『**オソマツさん**』なんてのもいいんじゃない。股間のナニはお粗末だけど、熟練の手技・舌技でオネエチャンをヒイヒイいわすフリーターの六つ子たちの乱交モノというね」

——**よしなさい！　天国の赤塚不二夫センセイが泣いちゃいますよ！**

「16年は朝ドラも流行ってたよな。『そそ姉ちゃん』だっけ？」

——『**とと姉ちゃん**』**です！「そそ」は京都で女性器のことを指すんでしたっけ。**

「お、さすが『ポスト』。よく知ってるじゃねェか」

——**わかりにくい！**

コリアン美女がマットで「ヌルプム」

――16年は流行語大賞も豊作でした。年間大賞は大ブレイクしたあの言葉！

「あァ、『カブってる』ね」

――『神ってる』です！ 何ですか、**それ。エロかどうかすらビミョーじゃないですか。**

「バカヤロー、ムスコが赤ヘルをカブってるすべての仮性包茎男子に捧げる、童貞脱出物語なんだっての。流行語大賞からは『**性地巡礼**』もいいな。吉原、雄琴、すすきのとニッポン全国津々浦々のピンクスポットを訪ねる紀行モノというね」

――それはちょっと楽しそうな企画ですね。流行語の中でもいままさにブームの渦中なのが「PPAP」です。

「ピコ太郎って名前が、そもそも下ネタ臭い。ピンコ勃ちしてるみたいじゃないかってさ。しかも、『**ピンコ太郎**』は股間のペンをパイパイに挟んでんだろ？」

――パイパイじゃなくてパイナップルです！　流行モノといえば、社会現象となったスマ

ホアプリ『ポケモンGO』もありました。

「オイラ、ポケモンなんて集めても仕方がないし興味ない。でも『ヤリマンGO』ならぜひプレイしたい（笑）。ヤラせてくれそうなオネエチャンが近くを通るたびに『ヤリマン接近中！』って教えてくれるスマホがあったら、100万円、いや1000万円出す！」

――いい加減にしなさい！

「別にいいじゃねェか。そうだな、政界ネタからは『マスカキ都知事のホテル満月不倫旅行』ってのもいいんじゃない？　打ち合わせと称して『ホテル満月』を借り切って秘密のデートというね。オネエチャンには政治資金で買ったチャイナ服のコスプレをさせて、マスカキ都知事は書道の筆でアソコをチョメチョメするんだよな」

――都知事の名前、マスしか合ってませんけど（笑）。本家・舛添さんは家族と一緒なのに打ち合わせと言い張ったわけですけど、不倫だったら釈明がもっと大変です。

「アクロバティックな体位を試して『東京五輪の体操競技のシミュレーションしてました』ってのはどう？　あの人ならどんな厳しい言い訳でも平然と言ってのけるよ」

――都知事がそんなこと言ったら、朴槿恵（パククネ）・韓国大統領ばりのデモが起きちゃいますよ！

「そうそう、お隣・韓国からは『マットの上でヌルプム体操』もノミネート！　コリアン美女・パクさんが『独り身で寂しいの』って、たっぷりローション使ってヌルヌルプムプムご奉仕してくれるというさ」

――国際問題になっちゃいます！

スマップが「スワップ」で仲直り

――最後は「芸能部門」です。16年は様々なスキャンダルが世間を賑わせました。清純派・ベッキーのまさかの「ゲス不倫」や乙武洋匡さんなど、いろんな芸能人・著名人の浮気がバレてしまってます。

「意外とこのジャンル、パロディにするのが難しいんだよな～。『ゲスの極み乙女。』も『ファンキー加藤』もそのまま下ネタみたいなもんじゃないかってね。やっぱりここは**『錦糸町の師匠・円楽のご休憩４５００円』**じゃねェか」

――不倫の現場となった錦糸町のラブホテルが庶民的すぎると話題になった件ですね。円

楽師匠ほどの大物だったら高級ホテルで逢瀬を重ねてほしかった！

「本当に貧乏くさくていけねェや。ラブホじゃヤッてないとは言い訳できないんで、カネがかかっても高級ホテルに泊まったほうがリスクヘッジになるんじゃないのかな」

――リアルすぎるので、あんまり真剣に考えないでください（笑）。そして、芸能界最大の話題といえば、国民的人気グループSMAPの解散です。

「こいつらが仲悪いのは、なんだか寂しいよな。仲直りを願って『SWAP（スワップ） がんばりましょう』をノミネート！ メンバー全員でパートナーをスワッピングしてくんずほぐれつ仲良く大乱交！」

――下品すぎです！

「じゃあ、『世界に一つだけの穴』に変更！ ナンバーワンの名器じゃなくてもいい、もともと特別なオンリーワンなんだからという純愛AVだね」

――くだらなさすぎ！ さて、ページがなくなってまいりました。最優秀作品は？

「『君の縄。』に決定！ タイムリーさとアバンギャルドさを兼ね備えた格調高い作品だよ。ぜひAVメーカーには商品化を願いたいものだぜっての！ ジャン、ジャン、ジャン！」

おわりに

オイラも、この2017年でついに70歳になっちまった。こないだは、フランス政府から「レジオン・ドヌール」なんてたいそうな勲章もいただいた。

人生の前半は、母ちゃんや先生からガンガン怒られ、芸人になってからも色々とヒンシュクを買いまくった。それがいつの間にか、いろんなところで褒められるようになったのは、こそばゆいような、なんだか居心地が悪いような、だ。

まァ、普通ならこの辺で「一丁上がり」と、無難な生き方を決め込むヤツが多いんだろう。だけどオイラは逆だ。世の中がオイラを褒めるんなら、その期待を裏切るような、くだらなくてバカバカしい芸人であり続けたいと考えている。理想はウンコ漏らしながら高座に上がった晩年の古今亭志ん生さんだ。芸人にはモウロクして落ちぶれていく様を客前でさらけ出していいって特権がある。オイラは、死ぬまでくだらない芸人であり続けたいと思っているんだ。

オイラがいろんなところでバカをやったり、『週刊ポスト』で毒舌や下ネタを披露し続けているのは、別に時代に物申したいわけじゃない。出演していたカップ麺の宣伝じゃないけど、それは「時代に自分を変えられないため」かもしれない。若い頃、演芸場で悶々としてた頃に抱えてた気持ちを忘れたくない、そんなところがあるのかもしれない。

さぁ、オイラも古希だぜ。ポコチン、コーマンなんて連呼する70歳なんて、浅草の裏通りにいるレゲエのオジサンかオイラぐらいのもんだろう。

だけどオイラは、そんなバカヤローであり続けたいと思うんだ。これからもよろしくな。

平成二十九年一月

ビートたけし

本書は『週刊ポスト』の人気連載「ビートたけしの21世紀毒談」の中から、特に反響の大きかったエピソードを抜粋し、大幅に加筆してまとめたものです。

構成／井上雅義
帯写真／海野健朗
本文DTP／ためのり企画
編集／山内健太郎
協力／オフィス北野

ビートたけし

1947年東京都足立区生まれ。漫才コンビ「ツービート」で一世を風靡。その後、テレビ、ラジオのほか映画やアートでも才能を発揮し、世界的な名声を得る。97年『HANA-BI』でベネチア国際映画祭金獅子賞、『座頭市』で同映画祭監督賞を受賞。著書に『間抜けの構造』（新潮新書）、『ヒンシュクの達人』（小学館新書）など。

テレビじゃ言えない

二〇一七年 二月 六日　初版第一刷発行
二〇一七年 四月十五日　第五刷発行

著者　ビートたけし
発行人　飯田昌宏
発行所　株式会社小学館
〒一〇一-八〇〇一 東京都千代田区一ツ橋二ノ三ノ一
電話　編集：〇三-三二三〇-五九五一
販売：〇三-五二八一-三五五五

印刷・製本　中央精版印刷株式会社

Printed in Japan ISBN978-4-09-825292-3